# 幽霊ときどきクマ。

恵の方から手を伸ばしてきて、ぎゅっとしがみついてくる。
肌を触れ合わせ、足をからめて。

# 幽《ゆう》霊《れい》ときどきクマ。

水壬楓子《みなみふうこ》

ILLUSTRATION
サマミヤアカザ

CONTENTS

# 幽霊ときどきクマ。

# 幽霊ときどきクマ。

「……だから。捜査は足で稼げだとか、現場百回だとか、いつまでも古くさいこと言ってちゃいけませんよ」

隣のデスクでタブレットを広げてちょいちょいと指を動かしながら、後輩の吉井《よしい》が生意気にも意見してくる。

その横で、警察官を拝命して十三年目になろうかという蓮見辰彦《はすみたつひこ》は、エアコンの風に吹かれながらだらしなく伸びていた。

このテンションの違いはやはり年の差だろうか…、といささか遠い目になりながら。

成績も実績もかなりよかったらしく、この春所轄署から本庁の捜査一課へと移ってきた期待の新人である吉井は今年二十六のいわゆるイケメンで、なかなかに頭も切れる。辰彦とは十歳も年が違うが、配属以来、行動をともにして——うまいこと新人を押しつけられて、とも言うが——仕事を覚えさせてきた。最近になってようやくおたがいの呼吸も合ってきた、まあ、いい相棒だった。

とはいえ、時々、調子に乗りすぎるのがタマにキズだ。

このところずっと殺気立っていたデカ部屋も、今はほとんどが出払っていて不気味なほど静かだった。

今、抱えている大きな事件《ヤマ》では所轄に合同捜査本部が立っていて、こちらに帰っている人数が少ないということもあるだろう。だがその事件にしてもここしばらくは膠着《こうちゃく》状態が続いている。もどかしさを感じつつも新しい手がかりは一向に表れず、進展がないままだった。

幸か不幸か――いや、間違いなく幸いなことに――それ以外では目下、本庁が出張《でば》るほどの新しい事件は起きておらず、緊張が緩んでいるのか、辰彦の直属の上司である鬼の係長でさえ、奥の方で最近めっきりとメタボ気味な課長と朝からのんびりとヘボ将棋談義に花を咲かせている。

そんな中で夜中の二時過ぎまでガセネタに振りまわされた辰彦は、報告書を上げたあと、精根尽き果ててデスクで死んでいたのだが、デスクワークの得意な吉井の方は昨夜もさっさと上げて帰宅しており、今朝もすがすがしい顔で登庁しやがったのだ。

少し手伝いましょうか、くらいの気遣いを見せる素振りもないあたりがさらに憎たらしい。

「俺《おれ》でもネットくらい使える。だがおまえはもうちょっと足でも稼げ。体力なさすぎだ」

ため込んでいた報告書もまとめてやっつけるハメになったせいでまだ頭のはっきりしない辰彦は、ずるずるとガソリン代わりのコーヒーをすすりながらうなるように言い返した。正統派な先輩刑事の教育的指導というヤツだ。

「そうそう。手かがりは机で寝とってても降ってこんぞぉ〜。――アレ、あそこ、３一角ってのがこっちの思うツボってヤツだよ」

将棋を指すように指先を動かしながら、奥の方から間延びした嫌味が聞こえてきたが、辰彦は聞こえないふりをした。

「俺は才色兼備なインテリ系知能派未来型サイバー刑事なんですよ。先輩みたいなシンプルな肉体派と一緒にしないでください」

吉井がわけのわからないご託《たく》を並べ、ふふん、と鼻を鳴らす。お尻《しり》に殻をくっつけたひよっこの頃《ころ》から面倒《めんどう》をみてもらった先輩に対して、まったく可愛《かわい》くない。

——シンプルってのは耳には優しいが、要するに単純ってことか？

うまくまわらない頭で一拍遅れて思いあたり、さらにむっつりとしてしまう。

ガチガチの体育会系組織である警察で、仮にも先輩に対してたいした口のききようだが、実際のところ今の課長も係長も、そして辰彦自身、あまりそういうこだわりはなかった。課内では自由に意見を口にできる空気があったし、生意気な後輩もおもしろがるように扱われている。吉井にしてもきちんと空気は読んで、自分が自由に口を開ける範囲は察しているからだろう。

しかし吉井から見れば、俺もあっちのオヤジ連中の範疇《はんちゅう》なんだろうか…、と辰彦はいくぶんげっそりとしてしまった。

三十五歳といえばまだまだ男盛り。百八十を越える長身とガタイのよさはアピールできるが、しかし不機嫌な時にはヤクザかマル暴かと疑われるような強面《こわもて》は、確かに同僚の女性にさえ受けがよろしくはなかった。特に、今みたいにくたびれて無精《ぶしょう》ヒゲが目立つ状態では。

「ネットの情報は信憑性《しんぴょうせい》に乏《とぼ》しい。聞き込みも直《じか》に相手に会って、顔を見て話すことが必要だろ。それで初めてわかることもあるからな」

先輩の威厳《いげん》をとりもどすようにいくぶん重々しく言った辰彦に、吉井はぴしっときれいな折り目のついたズボンの足を組み替え、さらりと返してきた。

「それはわかりますよ。俺だって対面での聞き込みを軽視してるわけじゃありません。でも現代社会では、ネットで発信される情報は無視することができない存在になってますからね。やっぱ、能率的だし」

「まあな…。特にああいう猟奇的な殺人事件は犯人も自己顕示欲《けんじよく》の強いヤツが多いしな……」

今自分たちが追いかけている事件を思い出し、辰彦は苦々しくうめいた。

確かに情報収集に関して言えば、十年前とは方法もスピードもまったく変わってきている。それは事実だ。

「ただ最近は、デジタル・デトックスとか言われてるでしょ？　デジタル依存が問題になってますからね」

「……なんだ、それ？」

寝不足の頭にカタカナを並べられてもまったく入ってこない。

「ネット依存とかSNS依存とかですよ。メールの着信が気になって仕事に身が入らないとか。結局は時間のロスが多くて、最近はオフィスからパソコンを撤去する会社とかも出始めてるみたいですしね。業種にもよるんでしょうけど、……ま、僕は適正な使い方をわきまえてますからね。要するになんでも使い方次第ですし、いかにうまく活用できるかが能力なんじゃないですか？　人も機械も」

横で得々とご託を並べる男に、辰彦は大あくびを噛《か》ましながらあっさりとうなずいてやった。

「そーだな。バカとハサミと吉井も使いようだしな」

「なんですか、それ――っ？」

甲高い非難を無視してぬるくなったコーヒーを飲み干すと、辰彦はのろのろと立ち上がった。

「まー、とにかく俺はいっぺん家に帰って、風呂《ふろ》入ってちょっと寝てくっから」

「はいはい。先輩も寝不足が堪《こた》える年ですからね」

仕返しのつもりかさらりと言われ、ぐうの音も出ない。

くそっ。口だけは達者なヤツだ。

「何かあったら携帯鳴らしますから。前みたいに目覚まし代わりにしといて、ベッドの下に押しこまないでくださいよ」

そんな生意気な小言を背中に聞きながら、辰彦は登庁する人の流れに逆らって、ふらふらと家路についた。

朝の日射しがまぶしすぎで、貧血を起こしそうだ。なんとなくだが、吸血鬼の気持ちがわかる気がする。

今朝までずっと職場に泊まりで、三日ぶりの我が家だった。コーヒーでなんとか身体《からだ》を動かしてはいたが、頭の中は半分寝ているような状態で、あやうく電車を乗り越しそうになる。

それでも習慣的に目に入った近所のコンビニによって適当な弁当を一つ買うと、よろけながらようやくマンションへたどり着き、朦朧《もうろう》としながらドアを開けた。

――と。

『あ、お帰りなさい』

同時に聞こえた声に、んあ…？　と辰彦は顔を上げた。

すると、ぼんやりとした視界の中で白い小さな顔が辰彦を見つめ返していた。

線の細い、きれいな顔立ちの……男、だろうか。ともすれば少女にも見えるが。

だが見覚えのない顔だった。

「あー…、すいませんー……」

目をパチパチさせて辰彦は力なくあやまると、そのままパタン、とドアを閉める。

どうやら部屋を間違えたらしい。やっぱり相当疲れてるな…、と自覚する。

……が、しかし。

閉じたドアを目の前に、さすがに、あれ？　と首をかしげた。

あらためて確認した玄関の部屋番号は、間違いなく自分のところだ。第一、ちゃんと自分の持っている鍵《かぎ》でドアが開いているということは、どう考えてもここが自分の部屋なのだ。

だが辰彦は、今は一人暮らしだった。否応《いやおう》なく。

三年前に女房に逃げられ、今現在、合い鍵を渡すような恋人もいない。……言い訳させてもらえば、仕事がいそがしくて作るヒマも、まともにつきあっているヒマもないのだが。

――なんだ……？

と、首をひねりながら、辰彦はもう一度、そっとドアを開ける。

『あ、あの…、もしかして私《わたし》のこと……?』

すると、やはり玄関先にはさっきの男がどこかわくわくと期待に満ちた目で立っていた。

——誰《だれ》だ、こいつ……?

疲れ果てて眠いせいもあり、うまくまわらない頭でぼんやりと考える。

白昼夢か、あるいはすでに夢の中にいるのか。

普通に考えれば泥棒なのかもしれないが、しかし泥棒が家主の帰宅を待っているはずもない。

そもそも目の前の男には「強盗」というような迫力はなかった。コソ泥にしても……えらく雰囲気が丁寧すぎる。

そもそも仕事柄、いくら頭が寝ていても犯罪者の気配を察すれば辰彦だって反射的に身体は反応するはずだ。殺気とか、あせりとか、そんな気配には。

カーテンを閉め切った薄暗い室内だが、なんだかずいぶんと男の影が薄かった。むこう側が透けて見えるくらいに。

そしてよくよく見ると、彼は立っているのではなかった。

ふわふわと妙に頼りなく——どう見ても、床から数十センチばかり……浮いている。

ようやく、その非常識さを辰彦は認識した。

ゴクリ、と無意識に唾《つば》を飲みこむ。

「はは…、はははははは……」

そして自分でもわからないまま、虚《うつ》ろな声で笑い出していた。

どうやら頭の中でどこかの回路が切れたようだ。

「相当疲れてるよな……、俺」

そして深いため息とともにつぶやいた。

疲れが完全に目にきている。どうやら耳にもだ。

——幽霊みたいなモノが見えるなんて。

生まれてこの方、三十五年。

幽霊を見たことなど一度もなかった。感じたこともない。図太くおおざっぱな性格は、いわゆる霊感体質というものからはほど遠かった。

——が、しかし。

『私のこと……見えるんですねっ？』

幽霊の方はパッと表情を輝かせ、ふわり、と辰彦の方に近づいてくる。

「おわっ！」

と、情けなく悲鳴のような声を上げ、思わず辰彦は顔をかばうようにしてのけぞった。その拍子に手にしていた弁当をビニール袋ごと取り落としていたが、そのことにすら気がつかなかった。

「みっ、見えない…。俺には何にも見えないぞ…っ」

自分に言い聞かせるようになると、ソレと目を合わせないように顔を伏せ、辰彦は急いで部屋の中へ駆けこんだ。

一瞬、何か冷たいものが身体をすり抜けたようで、ぞわっと背筋がそそけ立つ。

『で…でも、でも、見えてますよねっ？』

後ろからちょっぴり不安そうな声が追いかけてきて、無視して突き抜けてしまった形の辰彦はなんだか妙な罪悪感を覚えてしまう。

だがこれは夢なのだ。きっと立ったまま夢を見ているのだ。

そう思った。そう決めた。

しかしそんな人の気も知らず、幽霊は辰彦の背中からふわふわとつきまとってくる。

『ええと…、お留守中、勝手にお邪魔して申し訳ありません』

そう、だいたい幽霊がそんな常識的な挨拶《あいさつ》などしてくるはずがないではないか。

辰彦はふり返ることもなく、リビングを突っ切ってそのまま寝室へと直行した。

ダメだ。寝るしかない。飯どころではない。風呂もパスだ。

『あのう…』

幻聴も聞こえないふりで、辰彦はくたびれた上着とズボンを脱ぎ、ネクタイをむしり取る。

『ええと…』

シャツを脱いで上半身裸になったところで、背中から何か言いたそうにしていた幽霊は、なぜか、わっ、と声を上げて外へ飛び出した。

……らしい。多分、閉じていたドアは素通りしたのだろうが。

それにかまわず、辰彦はすぐにベッドへもぐりこんで頭の上まで布団をかぶった。

いや、別に幽霊が恐いわけではなく、妙なモノに関《かか》わり合いになりたくないだけだ。

……どうせ夢だしな。

心の中でそんな言い訳をしつつ。

無意識のうちに、相手にしなければどこか他《ほか》へ行くだろう、という消極的な考えもあったのかもしれない。

『すみませんが……』

しかし再びふわふわと近づいてきたらしい幽霊が、申し訳なさそうに布団の上から声をかけてくる。

だが今の辰彦には、本当にその声も遠かった。

さすがにゆうべは完徹だったおかげで、横になったとたん、吸いこまれるような眠気が襲ってくる。

どうやら幽霊より睡魔の方が強いんだな…、とぼんやり思った。妙におかしい。

「おやすみー…」

目を閉じると、無意識にそんな言葉が口に出た。

答えてくれる相手がいるはずもないのに。

でもなぜか、おやすみなさい、と返事を聞いたような気がした――。

◇

◇

「……あれ？　先輩、家に帰ってきたんじゃなかったんですか？」

前回、顔を合わせてから数時間後。同日の午後の一時過ぎ。

いつもの職場で吉井が怪訝《けげん》そうに眉《まゆ》をよせて、まじまじと顔を眺めてくる。

その疑問も無理はなかった。なにしろ今の辰彦の格好は、数時間前に別れた時とほとんど変化はなかっただろうから。

ヨレヨレのスーツと無精ヒゲ。まともに顔を洗った記憶もない。

「あぁ…、まぁな……」

それにうなるように答えて、辰彦はどさりとイスに腰を落とした。

無意識にあたりを見まわして、これが現実なのだとようやくホッとする。

そう。間違いなく、目は覚めているはずだ。

あまりの暑さに耐えきれなくなって辰彦が目を覚ましたのは、ほんの小一時間ほど前だった。

もちろん、自分の部屋のベッドで、だ。

秋とは名ばかりの九月頭の真昼、閉めきった部屋の中は蒸し風呂のようだった。否応なく、起きてしまったのだ。

だらだらと汗を流しながら布団から這《は》い出し、なんとかリモコンを探し出してエアコンのスイッチを入れて。すずしい風が天井から吹きつけてきて、ハァ…、と人心地つくと、寝ぼけ眼《まなこ》に枕《まくら》元の時計を見て。

時刻は昼をまわったくらいで、しかしカーテンが引かれたままの部屋の中は薄暗かった。おかげで荒れ果てた室内の惨状を直視せずにすむ。

実際、掃除などしているヒマはなかった。シャワーで寝汗を流して、大急ぎで飯を食ったら、またすぐに出勤しなければいけない。

大きなあくびをしながら、そういえば変な夢を見たな…、とふと辰彦は思い出した。

――俺が幽霊を見るなんてな……。

ちょっと笑いたくなった。

霊感なんかカケラもない。怪談話などは、まあ好きな方だが、心霊写真だとか心霊スポットだとかは、信じているとかいないとかいう以前に興味がない。どうせ見えないのだから、実際に存在しようがしまいが同じなのだ。

やっぱり疲れすぎた脳が見せた幻だったらしい。

そんなふうにあっさりと結論づけて、とりあえずタバコでも吸おうかと、どさりとベッドにすわり直した瞬間だった。

『あのう……』

「うわあぁぁっ！」

誰もいないはずの室内でいきなり声をかけられて、ちょうど火をつけようとしていた辰彦は放《ほう》り投げる勢いでライターをとり落とした。

おそるおそる顔を上げると……立っていた。

いや、浮いていた。

目の前に。あの幽霊が。

しっかりと目が合ってしまった。

『おはようございます』

ぺこり、と丁寧に頭を下げられて、辰彦はそのまま固まっていた。

幽霊、だった。おそらく多分、間違いなく。

薄ぼんやりと、細い身体を通してむこうの壁紙の模様が透けて見える。

まだ若い男だった。……少なくとも生前は。

エアコンは効いてきているはずなのに、たらたらと冷や汗がにじみ出てくる。ドク、ドク…、と自分の心臓の音が耳に反響するようだった。

そして次の瞬間——。

「いっ、いや、俺は何も見えんっ。見えんぞーっ！」

無意識に叫びながら、辰彦はベッドのまわりに脱ぎ捨てていた服をそのまま急いで着こみ、一直線に玄関へと突進した。

寝室のドアのところで、遠慮がちにふわふわと浮きながら中をのぞきこんでいた幽霊とは目を合わさないようにして。

……そして情けなくも、そのまま家を逃げ出してきたのだ。

はぁぁぁ…、と深いため息を吐き出して、辰彦は再び机に伸びていた。

——ヤバイ。

と、真剣に思う。

疲れすぎている。疲れが目と耳にきている。

やはり人間ドッグに一度行くべきかもしれない。それとも仕事のストレスか、あっちの方の欲求不満か……。

精神的にも肉体的にも追いつめられる職業だ。いつどこにガタがきてもおかしくはない。

そういえば、アレもかなり長くご無沙汰《ぶさた》だしな……。

と、思わず心の中で指折り数えてしまう。

風俗には聞き込みで行っても客で行くことはない。というか、ヒマがない。行くたびに押しつけられる割引券がたまる一方だ。

いつも仕事のことで頭がいっぱいで、あまりそっちに気が向かないというのが、いいのか悪いのか。

そんな辰彦の内心の悩みにかまわず、吉井があきれたような白い目を向けてくる。

「なんですか、先輩。間の抜けたトドみたいに打ち上がっちゃって」

辰彦はべったりと机に顔をつけたまま、右手だけを上げてひらひらとふった。

どうとでも言ってくれ…、の合図だ。

今日は反論する気力もない。

と、その時、ひんやりとエアコンの風が首筋を撫《な》でて、反射的にびくっ、とふり返ってしまう。

「……どうかしたんですか？　今日の先輩、ちょっと挙動不審ですよ？」

さすがに今度は、吉井の目がどこか不気味そうに辰彦の顔をのぞきこんできた。

「いや…、別に……」

もぞもぞと口の中で言いながら、辰彦は思わず張りついた笑みを口元に浮かべる。さすがに後輩相手に、幽霊につきまとわれてるみたいだ、とは口に出せない。

それでも、ふと、尋ねてみた。

「おまえさ…、幽霊とか信じる方か？」

「はあ？」

あきれたような声を上げられて、やっぱり、と辰彦はため息をつく。

「真夏の幽霊特集にはちょっと時期が遅いんじゃないですか？」

さっくりと言いながら、吉井はノートパソコンの画面に視線をもどした。

やはり未来型インテリ系刑事は、幽霊など信じないものらしい。

と、思ったら。

「――ま、でも、俺は信じてますけどね。そういうの」

再びキーをたたきながら吉井がそう続けたのに、え？　と辰彦は顔を上げた。

「見たことあるのか？」

「ないですよー。霊感とか、全然ないですもん。見たことないから恐くもないし…、でもいるって思ってた方がいろいろと楽しくないですか？」

「……楽しい、か？」

おまえも実際に見たら考えが変わるぞ、と内心で思いながら、辰彦は低くうめいた。

「幽霊に興味があるんなら、いい心霊サイト、探しましょうか？」

「いや、いい……」

パソコン画面を指さして、冗談のようでもなく聞かれ、辰彦は丁重にお断りする。

「幽霊に何かされたんですか？」

「いや…、そういうわけじゃないけどな」

確かに考えてみれば、被害があったわけではない。何か悪さをされたわけでもないし。

「そりゃ、先輩が幽霊に恨まれるようなことをして、化けて出られたんなら、恐いとは思いますけど」

「ないない」

辰彦はあわてて手をふった。

「え？　ひょっとして水子？」

「違うわっ！」

いかにも疑惑に満ちた眼差《まなざ》しを突きつけられ、思わず噛みつく。

「でもな…、そういうのがポコポコ出てくると、やっぱり不気味だろ？」

存在、それ自体が、だ。

しかしあっさりと吉井は言った。

「いいじゃないですか。ふだんから都民の声に耳を傾けることは、犯罪を未然に防ぐ第一歩ですよ。幽霊にだって何か訴えたいことがあるのかもしれませんしね」

「訴えたいこと、ねえ…」

幽霊に市民権があるかどうかは別にして――少なくとも戸籍はすでにないはずだ――、お気楽なその言葉に、辰彦はどっかりとイスの背もたれに身体を預けながら口の中で小さくつぶやいた。

――何かあるんだろうか？　あの幽霊に。

こんな時に限って大きな事件も起こらず、ゆうべ——正確には今朝未明——片付けてしまったおかげで差し迫った提出書類もなく。

七時過ぎには、辰彦も退庁せざるを得なくなった。

仮眠室に泊まりたいところだったが、たまには掃除させなさいっ、と総務のおばちゃんに追い出され、少しでも時間を潰《つぶ》そうかと吉井を酒に誘って懐いてみたが。

「あ、俺、今日はデートですから」

あっさり断られる。

未来型刑事は、恋も仕事もうまく両立させているようだ。その器用さはちょっとうらやましい。

何度もため息を吐き出しつつ、辰彦はとぼとぼとマンションへ向かった。ぐずるように途中でコンビニによって、ビールを買っていく。

実際、これほど家に帰るのが気が重かったことはない。

妻に離婚届を突きつけられた夜でさえ——いや、目の前にそれを突き出されるまで、彼女が別れたいと思っているなどとは夢にも考えていなかったから、その時ですら、帰るなり、風呂、と言い放ったものだ。

仕事に追われてたまにしか帰らないくせに、帰ってくれば風呂と飯、の言葉しかない夫に、彼女が愛想をつかすのも無理はない、と今なら冷静に思える。

——そんな男によってくるのは幽霊くらいか……。

自嘲《じちょう》気味にそう思うと、なんだかあきらめもついた。

マンションのドアの前に立ち、よし、と腹に力をこめる。

新婚用の２ＬＤＫは、独り者には少し空間を持て余し気味だった。……多分、留守番をしている幽霊にも。

まだ、いるのだろうか？

わずかに喉《のど》が渇き、ロックを外す手が少しばかり不器用になってしまう。なるべくそっと開こうとするのに、いつも以上にガチャガチャと大きな音を立ててしまった。

もっとも、幽霊相手にそっと入ったところで意味はないのだろうが。

それでもおそるおそるドアを開くと、そっと小さな玄関口へ身体をすべりこませた。と、その足下にぐしゃりとつぶれた弁当が落ちているのが目に入る。

どうやら今朝方に落としたままだったのを、昼間にさらに踏みつけて出たらしい。まったく気づかなかった。

もったいなかったが、まだまだ残暑も厳しい季節だ。踏む前にすでに傷んでいただろう。

ハァ…、と大きくため息をついた辰彦の耳に、あのう…、とどこか遠慮がちな声が聞こえてくる。

覚悟はしてしても、ビクッ、と背中が震えたのがわかる。じっとりと汗がにじんでくる。

口の中にたまった唾をなんとか飲みこんでそろそろと顔を上げると、やっぱり消えることなく、幽霊が浮いていた。

もうこれ以上目をそらしようもなく、くっきりと。

明かりのついていない薄暗い室内を背景に、朝よりも一段と存在感を増している。

『その…、突然で驚かれたとは思うのですが』

幽霊がしゃべった。……のか、どうなのか。

直に頭の中に届いているような気もする。

凍りついたままの辰彦に、ちょっと首をかしげた幽霊がふわり、と一歩（？）近づいてきた。

「うわぁぁぁあっ！　――つぅ…っ」

わかってはいたが、辰彦は反射的に飛び退《ずさ》ってしまった。期せずして、片手にぶら下げていたビニールの中の缶ビールが膝《ひざ》にあたり、その痛みにさらにうめき声がもれてしまう。

痛みを感じるということは、やはり残念ながら、夢ではないということだ。

閉じた玄関ドアに張りついた辰彦の前に、ここぞとばかり追いつめるようにして、幽霊がずいっと
――いや、ふわわっと、距離を詰めてくる。

『すみません。そろそろ現実を直視していただけるとありがたいのですが』

……なんで俺が幽霊にそんな忠告を受けなきゃならないんだ？

と、妙に理不尽なものを感じて、こんなありえない状況なのに辰彦はムスッ…とする。

幽霊自体が非現実的で非科学的な存在のくせに。だいたい誰のせいで現実を直視できないでいると思うんだ？

しかし腹を立てると恐怖心も薄れ、かえって目の前の現実を受け入れられるようになる。

「ああ…」

と、深く息を吸いこんで、辰彦は低くうなるように返事をした。

「わかったよ」

何か恨み言を言いたいというのなら、話くらい聞いてやろうじゃないか。

そんな開き直った気分でゆっくりと答えながら、辰彦はようやくのろのろと自分の家に上がった。

とりあえず、ダメになってしまった今朝方の弁当を入っていたビニール袋ごとゴミ箱に放りこむと、手にしたままだった缶ビールをリビングのテーブルに投げ出す。

ソファにどっかりと腰を下ろすと、あらためてじっと幽霊の顔を見据えた。

切れ長の瞳《ひとみ》と薄い唇。スッ…とよく通った鼻筋。

さすがに青白くて顔色は悪かった（当然だ）が、生きていた頃はさぞかしいい男、というより、むしろ美人だったんだろうな、と思わせる。きれいな、儚《はかな》げな風情は、確かに幽霊になるにはうってつけなのかもしれない。

そしてどうやら着物っぽいものを着ているようだった。いかにも幽霊らしく。

……白装束、だろうか？　透けているから色はわからない。だが、額に三角の布をつけているわけではないらしい。

いくつくらいだろう？　かなり若く見えるが、学生といったふうな軽い雰囲気はなかった。二十代前半というところだろうか。いずれにしても死ぬには早すぎる。

「誰だ、おまえ？　俺に何か恨みでもあるのか？」

幽霊にとり憑《つ》かれるような心当たりなど、まったくもってない。

無意識に手を伸ばして缶ビールを開けながら、辰彦はむっつりと尋ねた。まったく、アルコールでも入れなければやってられない。

『申し遅れました。嬉野《うれしの》恵《けい》と申します』

丁寧にそう名乗って、幽霊はぺこりと頭を下げた。

が、やはり覚えのない名前だ。

『別にあなたに恨みがあって来たわけではないのですが』

「じゃあ、なんでここにいる？」

安心すると、今度は理不尽な思いが湧《わ》いてくる。

まったく人騒がせな……。

なかば自分の気を落ち着かせるために、辰彦はグッとビールを喉に落とした。

『ええと…、それは』

恵がちょっと首をかしげて、困惑した表情を見せた。

『わからないんです。気がついたらこの部屋に来ていたものですから』

……ひょっとして、前にこの部屋に住んでいた住人か誰かだろうか？

辰彦は眉をよせ、ふと、そんなふうにも考えてみる。

それならわからないことはないが、しかしよく考えてみれば辰彦がこのマンションを借りたのは五年前で、その時は新築だったはずだ。

「おまえ…、いつ死んだんだ？」

額に皺《しわ》をよせて、辰彦は尋ねた。

案外ビルが建つ前とか、五十年前とか、百年前とか？　いまだに成仏できないでいるのか。

『昨日《きのう》……だと思うのですが』

「えらく最近じゃないか」

しかしあっさりと言われて、辰彦は鼻を鳴らした。

にしては、ずいぶんと曖昧《あいまい》だ。

「事故かなんかか？」

『いえ…』

口ごもるように答えてから、恵は静かに言った。

『多分…、殺されたのだと思います』

その言葉に、思わず口元へビールを運ぼうとしていた手が止まる。

「殺された？　どこで？」

聞き返しながら、脳みそをフル回転させて検索《けんさく》してみるが、ここ一週間で「嬉野恵」という名前の人間が殺されたというニュースは入ってきていない。もっとも地方まではわからないが。

『わかりません。車に乗りこんだ……気がするのですが、そのあと急に意識が遠くなってしまって。ガスか何か、妙な匂《にお》いを嗅《か》いだ記憶があります。そして気がついたら……』

幽霊になっていた、というわけだ。

『どうがんばっても自分の身体には帰れなくて。今、私の身体はどこか暗い……冷たいところにあるみたいなのです』

そう言って、恵はふっと目を閉じ、小さく身体を震わせた。

寒さを感じるのだろうか。物理的に、ではなく、感覚的に。

つまりどこかで殺されて埋められている――、ということだろうか？　あるいは水の中か。

「犯人は？　見てないのか？」

なんと言っても刑事だ。思わず、辰彦は身を乗り出した。

それに恵は力なく首をふる。

「うーん…」

思わず低くうなった。

もちろん隠された殺人事件があったとしたら、それはそれで大問題ではある。しかし死体が見つからないでは、手の打ちようもなかった。

「で、わざわざ俺のところに化けて出て、俺にどうしろと？」

確かに職業的興味を引かれる話ではあるが、しかし幽霊の訴えをどこまで信用していいものか。

『私の死体を探してほしいのです。死体がないと、葬式もできないでしょう？　家族も困ると思うのです』

……それ以前の問題だとも思うのだが。

辰彦は缶ビールを一気に飲み干してから、ガシガシと頭をかいた。

「悪いけどな。俺は今、自分の抱えている仕事で手いっぱいなんだよ。他を当たってくれないか」

あえて冷たく、つっぱねるように辰彦は言った。実際、幽霊に関わっていられるほどヒマではない。

それに、霊感のない自分よりももっとふさわしい人間はたくさんいるだろう。

そもそも遺体が見つかっていないということは、行方不明者だ。それこそ身内が、所轄署に捜索願を出しているのではないだろうか。

そっちに連絡をとってやることはできるが、しかし何と説明していいのかは考えてしまう。まさか、幽霊が殺されたと言ってます、と説明するわけにもいかないだろう。

『……それは……、おいそがしいのはわかっているのですが』

がっくりと肩を落とした幽霊に、さすがに辰彦もちょっと心が痛む。が、実際のところ、今抱えている事件が解決しない限り、辰彦にしてもそっちの捜査を離れて不確かな情報で動くことはできなかった。

「幽霊なら普通、自分を殺した犯人にとり憑くもんだろ？　犯人に心当たりはないのか？　おまえを殺したい人間とか、殺して得をする人間とか。何人か化けて出てやれば、相手の方からボロを出すんじゃないのか？」

そう尋ねてみるが、恵はふるふると首をふる。

『そんな人、いません』

確かにおっとりとした、脳天気そうな男だ。殺されて、その恨みで成仏できずにこの世にとどまっているというわりには、自分を殺した相手に対する憎しみとか怨念《おんねん》を感じられない。

生前でも、他人に恨まれるとか、ねたまれるようなこともなさそうな感じだが。

……案外、階段から転んで打ちどころが悪かった、とか、そんなオチじゃないのか？

と、思わず疑ってしまう。

なんとなく、トロそうだしな……。

ちろちろと恵の様子をうかがいながら、勝手なことを想像する。

「まぁ、どうして俺のところに来たのか知らないが、もう死んでるんならあわてる必要はない。死体はそのうち見つかるさ。そうしたら犯人だっていずれ逮捕される。遅かれ早かれな。あとは生きている人間に任せて、おまえは迷わず、さっさと成仏した方がいいと思うぞ？」

そう説得した辰彦に、恵はちょっと上目づかいに辰彦を見上げた。

『でもずっと見つからないままということもあるでしょう？　捨てられたままなんて、やっぱり淋《さび》しいです。もしこのまま死体が見つからなかったら…、未練《みれん》を残して、私はいつまでも成仏できずにこの部屋に居着くことになるかもしれませんよ？』

質問の形をとってはいるが、どこか意味ありげな口調だった。

「……俺を脅す気か？」

幽霊の分際で生意気な。

辰彦は喉の奥で低くうなる。そして、ふん、と鼻を鳴らした。

「あいにくだったな。俺は幽霊ごときの脅しには屈さん。別に幽霊に部屋をうろうろされたところで、気にもならないしな」

……いや、ちょっとは薄気味悪いが。

それでも素っ気なく言い捨ててから、ちろり、と辰彦は迫力のない幽霊を眺めた。

「だいたいおまえ、何ができるんだ？　金縛りくらいのことはできるのか？」

しかしそんな気配もない。

そもそも自分が呪《のろ》われるいわれはないわけだし、実害がなければ、いてもいなくても同じというもんだろう。

強気な辰彦に、うっ、と恵が答えにつまる。

なにげに幽霊としても役立たずらしい。

『で、でも、もし死体が見つかればあなたのお仕事になるのではないですか？』

「そりゃ、まぁなぁ…」

それはそうかもしれないが。だがそれはどこで死体が発見されるかにもよる。

必死に訴えてきた恵の言葉に、顎《あご》を撫でて低くつぶやいてから、ようやく気づく。

「おまえ、俺の仕事を知っているのか？」

『ええ。刑事さんですよね』

寝ている間に部屋の中でも調べたのだろうか？　年賀状の数枚くらいは机の中にも放りこまれているし、あるいは警察手帳でも見たのか。

いやまあ、幽霊がどうやって情報を集めているのかなどわからないが。このご時世だ。霊界にもネットが普及しているのかもしれないし。

――いや。待てよ……。

と、ふっと辰彦は思い出した。

そういえば、今辰彦が追いかけている事件の被害者は――。

再び頭の中でめまぐるしく情報検索をかけ、じっと、恵の顔を眺める。

これはひょっとしてもしかすると……？

「……そうだな。探してやってもいい」

『本当ですか？』

急に思い直した辰彦に、パッ、とうれしそうに恵が顔を輝かせる。全身が青白く発光したようで、不気味というよりも、どこか神秘的な雰囲気だ。

「ああ。だがおまえ自身が埋められているところがわからないんなら犯人に聞くしかない。犯人に聞くためには、犯人を特定しなければならない」

その言葉に聞き入るようにしていた恵が、ゆっくりとうなずいた。

『はい』

「なにか手がかりはないのか？」

それに恵が真剣に考えこんだ。

『前後の記憶が曖昧なのですが…、めずらしく外出した時にそのまま襲われたのだと思います。だとすると、運転手が何か知っているかもしれません』

そしてしばらくしてからゆっくりと恵が答える。

「運転手？　タクシーの？」

『いえ、家に専任の運転手がいるのです』

さらりと返されて、辰彦は思わず眉をよせた。

そんなもんがいるということは、かなり金持ちの家の人間だと推測できる。そう言われてみれば、どことなくおっとりとした、おぼっちゃまという雰囲気に感じられなくもない。

営利誘拐、というセンもあるのか……？　そして、そのまま殺された。

だとしたら、ちょっと係が違うが。

しかし、そんな事件があったようなことは耳に入っていなかった。ただまあ、進行中の誘拐事件ならば、最低限の係員以外には伏せられている可能性もある。

とはいえ、仮にも刑事だ。誘拐事件ならこのまま放っておくわけにもいかない。幽霊にしてみれば、自分の死体があるかどうかは大問題なのかもしれないし。

「じゃあとりあえず、おまえの家に行ってみるか」

もし恵の言っていることが本当ならば、少なくともその家で恵が行方不明になっているはずだ。身内は必死に探しているだろう。

ある程度、恵の言っていることの真偽は確かめられる。

空になったビールの缶をぐしゃっと握り潰すと、よし、と、辰彦は立ち上がった。そして放り出していた携帯を拾ったついでに、吉井を呼び出す。

「――あ、俺だ。悪ぃな、デート中に」

半分ばかり、確信犯的な嫌がらせという気がなかったとは……多分、言えない。

『……なんっすか、先輩？　まさか今から呼び出しとかないですよね？』

おそるおそる、というか、うかがうような、ちょうどいいところを邪魔されて呪うような、低い問いが返ってくる。

「そーじゃねぇよ。明日だけど、もしかしたら俺、本部に顔を出せないかもしれないから。捜査会議の方、聞いといて何か新しいことがあったら随時知らせてくれ」

『えーっ、どうしたんですか？　いきなりっ』

案の定、吉井の甲高い声が耳に噛みついてきた。

行方不明者の捜索だって立派に刑事の仕事ではあるが、……しかし捜索依頼が、その当の幽霊からだとはさすがに説明しづらい。正気を疑われそうだ。

「急用だって。係長には適当に言っといてくれ」

『……っとにいつも勝手なんだから。困りますよぉ。どやされるの、俺なんすよ？　俺、先輩のお守りじゃないのに』

「それも下っ端の仕事のうちだろ。じゃ、よろしくな」

『ちょっ…、先輩──っ！』

──誰が誰のお守りだ？

内心でムッと思いつつ言い捨てると、返ってきた叫び声を無視して辰彦は回線を切った。

何かはっきりした事件の輪郭《りんかく》が見えてくれば吉井に手伝ってもらうこともあるのだろうし、きっちりと報告を上げる必要もあるのだろうが、なにしろ情報《ネタ》元が幽霊だ。ネット情報以上にあやしすぎる。

事実確認は必要だった。

決していいことではないのだが、事件が膠着している時でよかった、と思う。そうでなければ、幽霊の与太話《よたばなし》につきあってはいられない。

『あのー…』

とりあえず少しはまともな服に、と着替え始めた辰彦に、後ろから声がかかる。

『私も一緒に行くんですよね？』

「ああ…、そうだな。家まで案内してもらわないとな」

それもそうだが、家族と話す時、やはり近くにいてくれた方が何かと便利……というか、相手の信用も得やすい気がする。

それに、もし家族にも恵の幽霊が見えるのならば、それはそれで話が早いわけだ。

「そういえばおまえ…、他の人間には見えないのか？」

さほど…、というか、まったく霊感のない辰彦に見えるということは、たいていの人間に見えてよさそうなものだが。

『ええ…、見えてないみたいです。あなたが寝ている時、一度、この建物のまわりを一周してみたんですけど。猫に威嚇《いかく》されただけでした』

「猫ねぇ…」

やはり動物はそういうものに敏感なのか。

『とり憑いた人間にしか見えないのかもしれませんね』

なぜかうれしそうににっこりと微笑《ほほえ》まれ、辰彦は思わず肩を落とした。

……なんで俺なんだ？

確かに実害はないかもしれないが、いつまでもいられると微妙に居心地が悪い気がする。

だいたいとり憑くなどと言われると、いかにも人聞きが悪い。自分が何か悪いことを生前の幽霊にしたみたいで。

内心でうめいた辰彦にかまわず、恵が思い出したように続けた。

『あの、それで、この状態だとちょっと身体が不安定なんです。特に外へ出ると』

「不安定？」

風に飛ばされたりするのだろうか？

『不特定多数の思念にもみくちゃにされる感じで…、気分が悪くなって。霊体である分、ダイレクトに受けるのかもしれませんが』

「ああ…」

そう言われて、よくわからないままに辰彦はうなずく。

『ですから、アレの身体を借りてもいいですか？』

と、恵が指さしたのは、棚に飾られたクマのぬいぐるみだった。

「あれは……」

一瞬、辰彦は言葉に詰まる。

男の一人暮らしには不似合いな、可愛いクマのぬいぐるみ——。

それは生まれつき心臓が悪く、十二年前、十歳で死んでしまった弟の形見だった。

年の離れた弟を辰彦は可愛がっていて、病院にもしょっちゅう足を運んでいた。死ぬ半年くらい前に、ずっと行きたいと言っていた遊園地に一度だけ、連れて行ったことがある。その時のお土産に、辰彦が買ってやったものだ。

ずいぶんと喜んで、大事にして。死ぬまでずっと、ベッドの横にあった。

「……まあ、いいけどな」

そっと息を吐き出すようにして、辰彦は答えた。

生きていれば、ちょうど恵と同い年くらいだろう。……いや、恵も死んでいるのだから、同い年のお仲間、というところか。

仲間の役に立つのなら弟も本望だろう、と思う。

――ただ、問題は。

「よし。行くぞ」

着替えを終えてふり返った辰彦に、ぬいぐるみのクマが短い片手を持ち上げて、はいっ、と元気よく答える。

その光景が、ある意味、幽霊そのものよりもちょっと不気味なだけで。

◇　◇

一時間後――。

辰彦が連れていかれたのは、都内にある閑静な高級住宅街だった。

重厚な日本家屋で、かなりの敷地面積だろう。遠近法が実感できるような、視界の果てまである長い塀《へい》と威圧感のある門構え。その塀越しにも緑が生い茂り、奥の建物が見えないほどだ。

なるほど、これならば営利誘拐の可能性も十分にありえる。

「何やってんだよ、おまえの家は？」

会社社長とか医者とか。何かの家元とか。

そんなものを想像しながら尋ねた辰彦に、ええと…、と無造作に小脇《こわき》に抱えられたクマの中で、恵が少し口ごもった。

『ちょっと説明しにくいのですけど』

言いたくないというよりは、本当に説明しづらい、という感じだ。

肩をすくめて、とりあえず辰彦はインターフォンに手を伸ばした。

「夜分に申し訳ありません。天竜政紀《てんりゅうまさのり》氏にお会いしたいのですが。……恵さんのことでとお伝えください」

ほどなく対応に出た女性の声に取り次ぎを頼む。

天竜というのは同居している恵の従兄《いとこ》らしい。とりあえず彼に会ってほしい、というのが恵の希望だった。その方が話が通りやすいと。

しばらくしてから門の脇の通用口が内に開き、中へと通される。

いくぶん緊張したお手伝いさんらしき年配の女の表情に、そういえば営利誘拐ならすでに警察に通報していておかしくないな、と思い出す。このことやってきた辰彦はあやしすぎるわけで、今もどこからか監視されているのかもしれなかった。……ご同業者に、だ。

犯人かどうかはわからないが、とりあえず出方を見る、というところか。人質の安全を最優先に、ということもあるのだろうが……しかし残念ながら、その配慮は意味をなさないようだった。

とはいえ、こんな現実離れした幽霊話を他の刑事たちの前で持ち出す度胸はない。

どう説明しようかといくぶん憂鬱《ゆううつ》になりながら、門の中へ一歩足を踏み入れたとたん、辰彦は思わず口を開けてしまった。

門から玄関までは石畳の通路に玉砂利が敷かれた見事な竹林で、東京のど真ん中とはとても思えない光景が目の前に広がっていた。京都の山奥ならいざ知らず、こんな風景が都内にあるのか…、とちょっとくらくらする。

たどり着いただだっ広い玄関には、端の方に黒っぽい靴がいくつか並んでいて、先客はやはり刑事なのかもしれない。

しかし屋敷の中はあまり人の気配がなく、あわただしい様子も感じられなかった。それだけ広いということなのだろう。

ただ、さすがに張りつめたような空気が肌を刺した。

案内されたのは、玄関先から少し奥へ入った応接室のようだった。

しばらくお待ちください、と部屋に残されて、辰彦はとりあえず持っていたクマを手前のソファの端へおいて、自分は部屋の中をまわってみる。

和洋室、というのか。中央のソファやテーブル、調度品《ちょうどひん》なども落ち着いた雰囲気のある、シンプルなものだ。成金的なところはなく、いかにも名家という風情だった。

しかし嬉野、という恵が名乗った名字にすぐにはピンと来ず、文化芸能方面だろうか…、と辰彦は指先で頬《ほお》をかいた。いささか弱い。

と、待つほどもなくドアが開く。

辰彦がふり返ると、男が二人、厳しい表情で入ってきた。

「私が天竜だが…、恵のことで話があるとか？」

前にいた男が、席へ着く間も惜しむように口を開く。

静かな口調だったが、しかしどこか押し殺したような切迫感がにじみ出していた。

濃紺の和服がぴたりとはまった、シャープな顔つきの男だった。辰彦と同い年くらいだろうか。この年代にしては、ずいぶんと着物を着馴《きな》れているようだ。

鋭い、うさんくさげな眼差しが突き刺すように辰彦を見る。

どうやら、あまり友好的な気分ではないらしい。むろん身内が誘拐でもされているなら、いらだっていて当然だが。

がっしりと体格もよく、辰彦といい勝負だった。ヤクザにさえ、すれ違いざまになぜか会釈される辰彦からすれば、迫力で負ける気はしないが、貫禄ではちょっと譲《ゆず》るかもしれない。

――何者だ……？

内心で首をひねる。普通のサラリーマンとは到底、思えない。

「政紀」

いかにもケンカ腰なその男の肩をなだめるようにたたいて、後ろから入ってきたもう一人の男が、とりあえずすわるようにうながした。

そして立ったままの辰彦にも、どうぞ、と丁寧に席を勧めてくれる。

『耀《よう》も来てたんだ…』

恵のつぶやきが――どうやら辰彦の耳にだけ届く。この男のことだろう。

「失礼しました。私は白方《しらかた》と申します」

スーツ姿の、あたりはやわらかだが頭の切れそうな男だった。三十前後だろうか。スレンダーですっきりと端正な面差しが、恵とよく似ている。やはり身内なのだろう。

天竜と同様、緊張した様子だった。

「蓮見と言います。突然申し訳ありません」

とりあえず辰彦は、落ち着いた様子で内ポケットから名刺を差し出した。手帳でもよかったが、別に取り調べにきたわけではない。

「刑事……？」

天竜がそれをちらりと目にして、わずかに眉をよせる。

いかにも疑わしげな眼差しに、結局手帳も提示してみせる。それに天竜は隣の男と訝《いぶか》しげに視線を交わした。

むろん、すでに担当課の署員たちが来ていれば、また別にわざわざというのは不思議に思って当然だ。

恵がふわふわとクマから浮き出て、二人の目の前や頭の上や背中のあたりをうろうろしているのが辰彦の目に映ったが、二人とも気づく様子はなかった。

やはり恵のことは見えないようだ。

……しかし身内にも見えないモノがどうして自分に、と思うと、不思議というよりは理不尽な気もする。

白方の方が丁寧《ていねい》に名刺を手にとって、顔を上げた。

「それで、刑事さんがどういうご用件でしょう？」

じっと正面から顔を見て、探るように尋ねられる。

しかしこの言い方では、もしかすると警察には連絡していないのかもしれないな…、と感じた。犯人の方から連絡するな、と言われている可能性はある。それだけに警戒しているとか。

「実は…、その、恵さんに頼まれたことがありまして」

だとすれば、どう話を切り出したらいいのかと考えながら、とりあえず辰彦は口を開いた。

「おまえ…、恵の居場所を知っているのかっ？」

が、次の瞬間、辰彦の胸倉につかみかかる勢いで天竜が声を荒らげた。横であわてて白方が引きとめる。

「落ち着け。……すみません。失礼ですが、恵とはどういうお知り合いですか？　恵は…、その、身体が弱いのでめったに外へ出ることはなかったはずです。年も違いますし、……一課の刑事さんですよね？　あなたとお知り合いになるような機会はなかったと思いますが」

そんな言葉に、確かに幽体でも線は細そうだったが…、身体が弱かったのか？　と辰彦はちょっと首をひねる。

「恵におまえみたいな平の刑事風情と知り合う機会があるとは思えないが。あるとすれば…、そう、恵を襲った時くらいじゃないのか？」

しかし辰彦が答える前に、天竜が低く言い放った。

あからさまに辰彦をうさんくさく思っている様子と、敵意とが見える。言外に――というより、ほとんどそのままだが、辰彦が恵を拉致《らち》したのではないか、というわけだ。

「何が目的だ？　恵はどこにいる？」

切りつけるような鋭い口調に、一瞬、ぞくりと背筋が凍る。

だが同時にムッとした怒りが熱に変わり、辰彦も負けずに男をにらみ返した。

売られたケンカは買う主義だ。ついでに言えば、平ではなく警部補だ。

「ずいぶんな挨拶だな…」

辰彦にしても好きで幽霊と関わっているわけではない。いわばちょっと仕事を離れたボランティアの人助け――いや、幽霊助けなのだ。

まあ、事件になるかも、という計算がないわけではないが、誘拐犯の疑いをかけられるいわれはない。

「あんたの従弟《いとこ》をどうにかした犯人が、のこのこ家までやってくると思うのか？」

「よほどの間抜けか、よほど図太いヤツか、……あるいはその両方か。仲間が素知らぬ顔で、刑事のふりをして様子を見に来ることも十分あり得るだろう。いや、最近は警察の質も落ちているからな。刑事が犯罪を犯したところで驚きはしない」

腕を組み、じっと辰彦を見すえたまま、天竜が淡々と返してきた。

要するに、辰彦が間抜けで図太い男だと言いたいらしい。

――虫が好かねぇ……。

と、辰彦は腹の中でうなる。

「政紀」

さすがに、横から白方がたしなめた。

すみません、と連れの非礼を詫《わ》びられ、どうやらこの男の方がまともに話ができそうだ、と辰彦は判断する。

「やっぱり、この家の息子が行方不明なのは間違いないということだな？」

まずはその確認をとった。

「なぜおまえがそれを知っていたのかも聞きたいところだな」

横から天竜が切り返してくる。

「あなたは恵の行方《ゆくえ》について何か知っているんですか？」

かまわず白方が尋ねてきた。

「それは……」

知っているといえば知っているし、知らないといえば知らないとも言える。

「自明のことだな。恵のことはまだ警察には連絡していない。今の段階で恵について知っている人間がいるとすれば、犯人だけだろうっ」

口ごもった辰彦を天竜が一喝《いっかつ》し、いらだたしげに立ち上がった。

「きさま…」

一方的に決めつけられて、さすがにカッ…と頭に血が上る。男をにらみ、辰彦が立ち上がりかけた
——その時だった。

『政紀！』

はらはらと、というか、あたりをふわふわうろうろとしながら話を聞いていた恵が、あせったよう

に叫ぶ。

聞こえるはずのないその声に、しかし何か感じたのか、一瞬、え？　というように、天竜の表情が動いた。

白方の耳にも届いたのか、二人で顔を見合わせるが、やはり空耳だと思ったのだろう。

「だいたいさっきの手帳にしても本物かどうかあやしいモノだ。俺がこの男を――」

いくぶん気勢《きせい》をそがれたように、それでも言いかけた天竜の言葉がふっと途切れる。

その視線が、辰彦の隣で止まっていた。

あ…、と辰彦も横を見ると、クマの中にもどった恵がなんとか立ち上がろうと短い足でジタバタしていた。

「な……」

クマのぬいぐるみが動いている、というそのありえない光景に、二人が大きく目を見張る。瞬《まばた》きもできないまま、しばらくぬいぐるみを凝視《ぎょうし》していた。

ハァ…、と辰彦はため息を一つつく。

そしてそのクマの頭を無造作につかむと、テーブルの真ん中にのせた。

「さっきのあんたの質問…、恵がどこにいるのか、というやつだ。俺はその半分に答えることができるが、あとの半分を探すためにここに来た。……恵に頼まれてな」

「どういうことだ……!?」

尋ねた天竜の語気は鋭かったが、やはり混乱が隠しきれない。

「今朝、俺は恵の幽霊に会った。どういうわけか俺の部屋に来て、今はこのぬいぐるみの中にいる」

辰彦はあえて淡々と、事実をそのまま口にした。

その言葉に、二人は呆然《ぼうぜん》と辰彦の顔を見つめたあと、ちらり、とおたがいに視線を合わせた。

二人の間で、何か一瞬のやりとり——確認があったらしい。

バカバカしいと一笑に付されるわけでなく、からかっているのかと怒鳴られるようなこともなく。

覚悟していたそんな言葉が返ってこないことに、いくぶん違和感を覚えるくらいだ。

「幽霊……というと、では恵は……？」

どこか混乱したように、片手で額を押さえて白方がつぶやく。

信じがたいように天竜がつぶやいたのに、恵が——ぬいぐるみのクマがコクコクとうなずいた。

「この中に……？」

『ええと…。心配をかけてごめんなさい』

そしてちょこんと頭を下げた。

幻覚でもなくぬいぐるみが動くのに、二人が息を呑《の》む。それでも何か仕掛けがあるのではないかという疑いもあるのだろう。

半信半疑な様子に、恵が必死に首を曲げて肩越しに辰彦を見上げ、続けて言った。

『政紀に探していた帯は見つかったのか、聞いてください。私が今年の誕生日にあげたものです』

辰彦が知っているはずもないことだ。

「あんたの探していた帯は見つかったのかと聞いている。恵があんたの誕生日にやったやつだ」

それを口にした瞬間、天竜の強張っていた表情が崩れた。

「恵……？」

小さくつぶやいて、そっとぬいぐるみに手を伸ばす。そして目の前に持ち上げて、かすれた声で問いかけた。

「本当におまえなのか……？」

大の男が真剣な顔でぬいぐるみに話しかける図、というのは、かなり滑稽《こっけい》にも見えるが……しかし考えてみれば、ここまでぬいぐるみを抱いてきた三十男というのも、同じくらい恥ずかしいものかもしれない。

どうりで、すれ違う人の目がヘンだったわけだ。

『政紀』

恵もどこか安心したように、短い両手を伸ばし男に抱きついている。

「おまえ…、どうしてこんな男のところに……？」

天竜が苦渋《くじゅう》に満ちた声でうめいた。

……こんな男で悪かったな。

と、辰彦は憮然《ぶぜん》とする。別に、辰彦が頼んで来てもらったわけではないのだ。

『大丈夫です。苦しくはないから心配しないで、って伝えてください』

言われて、その通りに通訳するが、いろんな意味で、天竜は納得できないようだった。

それはそうだろう。大丈夫と言われてもすでに大丈夫ではないわけだし、しかしすでに死んでいるのだから、これ以上心配しても仕方がないといえば仕方がない。

「——で、状況が整理できたところで、そろそろ本題に入らせてもらっていいか？」

テキパキと辰彦は話を進めた。

「恵によると、自分はどこかで殺されて埋められているようだが、その死体を見つけてほしい、と言っている」

「死体……」

その言葉に、白方が敏感に反応した。スッ…と表情が硬くなる。

「では、恵はもう死んでいると…？」

かすれた声でつぶやいて、天竜の手にしているクマと、辰彦の顔とをとまどったように見比べた。

目の前の「恵」と、辰彦を通してであっても会話はできるのだ。やはり実感はないのだろう。それこそ、遺体を目にするまでは。

もっともその方がいろいろと冷静に判断してもらえてよかったのかもしれない。嘆《なげ》くのは、遺体が見つかってからで十分だ。

「順序が逆だが、この場合、その犯人を先に見つける必要がある。犯人がわからなければ、死体の場所もわからないからな」

確かに…、と白方が指を唇に当てるようにして小さくつぶやく。

「恵は…、その、自分を殺した犯人を見ていないのか？」

ソファにすわり直し、ぬいぐるみをそっと膝においた天竜が顔を上げて尋ねた。

「見ていないようだ。車の中で意識を失って、そのままだと言っている。……それで、運転手はどう言っているんだ？」

思い出してそれを聞いた辰彦に、白方がわずかに顔をしかめた。

「それが、運転手は恵からのメールで先に家に帰るように、という指示があったと言っているんです。そのメールも確認していますし、長くこの家で勤めている男ですから信用できますよ」

「営利誘拐が考えられるが…、どうして警察に知らせない？」

犯人からの接触があれば、いろいろと動きようはある。辰彦にしても警察官だ。不安はあるだろうが、信頼してほしいところだった。

「今のところ犯人からは何の連絡もないのです。未成年ではありませんし、まだ消えて一日ですからね。普通に考えれば単なる家出でしょう」

「連絡がないのか？　遅すぎるな…」

きれいな顔をしかめて言った白方の言葉に、辰彦は難しい顔で顎を撫でた。

誘拐されたのが昨日だとすれば、ほとんど丸一日。警察を呼ばれることを恐れるならば、早い時間に連絡を入れて、要求とともにクギを刺すはずだ。

「ただ、本当に営利誘拐かどうか……」

白方が小さくつぶやいた。

「他に何か？」

それに辰彦は首をかしげる。

命を狙《ねら》われるような心当たりがあるのだろうか。

「恵の仕事がちょっと特殊なものですから」

いくぶん言いにくそうに白方が口ごもる。

そういえば、恵も説明しにくい、と言っていたが。

「一種の巫女《みこ》のようなものだと考えてもらえばいい。男だから覡《げき》と言うべきかもしれないが」

ようやく落ち着きをとりもどしたように、天竜が横から口を開いた。

「巫女？」

どこかうさんくさい言葉に、辰彦は思わず眉をよせる。

「通俗的な言い方だが、占い師か霊媒師だと思っている客も多い。仕事上の助言を求めたり、精神的な悩みを解決してもらいに来たりだな」

ますますうさんくさい。思わず部屋の中に水晶玉やタロットカードを探してしまう。

そんな思いが正直に出た辰彦の表情に、天竜がいかにも皮肉そうな笑みをみせた。

「おまえが信じる必要はない。だが顧客《こきゃく》は、新聞によく名前が出てくるような大物ばかりだ。経済界のトップリーダー、政治家、芸能人。そう…、警察関係者もいる。現場に出るような下っ端ではないがな。社会的に大きな事件で、手がかりがないような場合、恵は非公式にプロファイルのようなこともする」

「ずいぶんと手広いな…」

辰彦はふん、と鼻を鳴らした。

どうやら自分程度では「下っ端」らしい。なるほど、この男にしてみれば、警部補程度では平に毛が生えた程度なのだろう。

しかし確かに社会的に地位の高い人間ほど、高度な判断を占いに頼ることはあると聞く。

うーむ、と腕を組んでソファの背にもたれかかり、単刀直入に、辰彦は聞いた。

「ホンモノなのか？」

占い師という商売は、多くは演出とはったりの勝負だ。カンのいい人間ならば、少し話して相手の悩みに気づくこともできるだろう。経営上のアドバイスにしても、依頼主がただ背中を押してもらいたいだけ、という場合が多い。

恵が死んだ今となっては、本当のところを教えてもらってもいいだろう。その仕事上のトラブル…、あるいは助言で誰かに恨まれていたのかもしれない。

「嬉野の家は代々そういう仕事をしている。五百年も昔からな」

天竜が静かに答えた。

ほぅ…、とさすがに辰彦は小さくうなる。

五百年前というと、安土桃山…、いや、室町時代になるのだろうか。なかなか壮大だ。

「母親が直系だが、能力はなかった。だから恵が祖母からこの仕事を引き継いだ。ほとんど否応なく、だがな」

冗談を言っているような口調ではない。詐欺師ならばかなりのスケールだが、しかし今の状況で、辰彦に嘘《うそ》をつく意味はない。――と思う。

辰彦は、無意識に指先でソファの肘掛《ひじか》けをたたいた。

「……どういう能力だって？」

そして、少し考えてから尋ねる。

今までならはなっから眉唾モノとして笑い飛ばしていたかもしれないが、さすがに非現実的な状況に巻きこまれている今は、少しばかり信用したくもなる。

「恵には人の気持ちが見える。もちろん考えていることとか、心がそのまま読めるわけではない。もっと漠然《ばくぜん》とした感覚のようだが…、俺にもはっきりとはわからない。だが相手の放っている色が見える、と言っていた。それで感情や精神状態や健康状態、時には未来がわかると」

へぇ…、と辰彦がつぶやいた。

それが嘘か本当かは恵にしかわからないことだろうが、本当ならばたいしたものだ。

「恵は昔から時々、幽体離脱《ゆうたいりだつ》のようなこともあったようだ。だから仮に死んだあと霊になってとどまっていたとしても、俺たちにしてみればさほど不思議ではない」

なるほど。それで恵がぬいぐるみに入っているという言葉も信用してもらえたということか。確かに普通ならば、手品かトリックだと思うところだろう。

……と、辰彦はいつの間にか相手のペースに乗せられている自分に気づいて、ちょっと気持ちを引き締める。

常に疑問を持つ、というのが、刑事として必要なスタンスでもある。何が真実なのかを、冷静に見極めなくてはならない。

天竜の言葉を鵜呑《うの》みにするわけにはいかないが…、しかし今、目の前で超常現象が起こっているのは確かなのだ。

……超常現象、と呼ぶには、あまりにも迫力に欠けるが。

「ただ、うちの顧客であれば恵を恨むというよりは利用しようと考えると思うのですよ。誘拐して、独占的に自分の専任の占い師として使おうとね。犯罪者のリスクを負っても、恵にはそれだけの価値がある。だから殺すということは考えられないのですが」

冷静な白方の意見に、なるほど…、と辰彦もうなずく。もっともな推論だ。だが辰彦は、そこから別の可能性を指摘した。

「しかし初めは手元におくために誘拐したとしても、途中で逃げ出そうとしたとか、抵抗したとかでうっかり殺してしまった可能性はある」

そしてあわてて山の中にでも埋めた。ありがちな展開だった。

辰彦がこれまで扱ってきた中でも、やはり初めから殺そうと思って人殺しをする計画殺人よりは、一時の感情なり、成り行きなりで思わず手が出てしまう方が多い。

「ええ、そうですね……」

長い指で額を押さえ、そっと白方が息を吐いた。

これまでに何度か、遺族に身内の死を伝えにいったことはあったが、やはり心が痛む。身内としては、生きている可能性の方を信じたいのは当然だ。

天竜が喉の奥で低くうなった。じろりと辰彦をにらんできたが、にらまれても辰彦としてはどうしようもない。

結局のところ、今の段階では事件の輪郭についてはっきりとしなかった。辰彦としては、あやしい幽霊でしかなかった嬉野恵という人間が実在していたということと、実際に行方不明だということが確認できたくらいで。

とりあえず辰彦は身元不明死体の情報をチェックし、天竜たちは過去に恵がとり扱った仕事や依頼主を洗い出して、何かわかったり、犯人から接触があったりした場合には連絡する、ということでいったん話を終えた。

それが仕事とはいえ、妙なことに巻きこまれたな…、という気がする。

幽霊で占い師の被害者。しかも、死体は出ていない。

いつもとは勝手が違っていて、どう動けばいいのかとまどってしまう。……殺人の「被害者」本人とどう接すればいいのか、もだ。

帰り際、つっけんどんに天竜に言われる。

「おい、そのクマはおいていけ」

「いや、悪いが」

気持ちはわかるが、しかしこのクマは弟の形見だ。というか、そもそも。

「あー…、つまり、幽霊はクマに憑いてるわけじゃなくて俺に憑いてるらしいからな。クマをおいていっても、ただのぬいぐるみでしかないんじゃないか？」

そんな説明をしながらも、しかし、辰彦が仕事に出ていた間は離れていたわけだし…、と頭の中でぐるぐると考える。

ここまで来られたということは、恵はこのままこの家の別のぬいぐるみに憑いたってかまわないんじゃないか？　と。

そうしてくれると、辰彦としても肩の荷が下りたようでありがたい。自分の部屋に帰ると幽霊がいる、というあまり考えたくない現象が解消されるわけだし。

はっきりしなくて、ちらっと恵に――ぬいぐるみの方に視線をやると、クマが短い足を必死に動かしてトタトタとテーブルの上を走り、辰彦に近づいてきた。

バランスが悪くて今にもコケそうで、とっさに手を伸ばすと、ぬいぐるみの小さな両手が辰彦の指をぽんっと挟んだ。そして黒い丸い目がじっと見上げてくる。

『あなたの気配が感じられるところだと動けるみたいですから。それに、ちゃんと会話ができるのはあなただけですし』

ぬいぐるみなのだから表情などないはずだが、不安そうに見えてしまうのは思い込みだろうか？

なんとなくそのまま手を伸ばし、辰彦はクマを摘《つま》み上げた。

「置いてきゃしねーよ。ていうか、俺に憑いてくるんだろ？」

ため息混じりにそう言うと、ホッとしたように恵がうなずく。何度も。

その声は聞こえていなかっただろうが、天竜が低くうなった。

「どうしておまえなんだ……？」

いかにも納得できない口調で大きなため息をつかれたが、それは辰彦の方が聞きたいくらいだ。

いったい何の波長が合って自分にとり憑いているんだ？　――と。

結局、辰彦がそのままクマをひっさげて自分のマンションに帰り着いた頃には、すでに真夜中を過ぎていた。

体力的に、というよりも精神的に疲れ果て、とりあえず三日ぶりの風呂に入って汗を流すと、そのまま引きずられるようにベッドへ倒れこむ。

相変わらず部屋の中でふわふわしていた恵が、すーっと近づいてきて辰彦の顔をのぞきこみ、おやすみなさい、と微笑んだ。

何気ないその言葉が優しく耳に落ちる。

ここしばらく――何年も、誰かにおやすみ、などと言われたことはなかったんだな…、と思い出す。

そして、気がついた。

「おまえは……そうか。眠らないのか」

幽霊なのだ。ナチュラルに会話ができるだけに、妙にその感覚が薄い。

『そうですね…』

小さくうなずいた表情が、少し淋しげに見える。

人が寝静まった闇《やみ》の世界で、恵はずっと一人なのだろうか？

ふと、そんなことを考えてしまう。幽霊仲間などはいないのだろうか？

「一晩中、寝顔を見られてんのも落ち着かないんだが」

眠ってしまえば意識はないが、やはり気恥ずかしい気がする。

『ええと…、じゃ、あなたが眠ってしまったら、隣の部屋に行ってます。でも、それまでここにいていいですか？』

言葉は穏やかだったが、どこかすがるような切ない思いが伝わってくる。

辰彦はそっと息をついた。

――実際、もう何もしてやることはできないのだ……。犯人を捕まえたところで、恵が生き返るわけではない。

そう思うと、どうしようもない無力感を覚えてしまう。弟を失った時と同じ。

自分にはどうすることもできなかった。

ただ、残された日々を少しでも笑っていられるようにしてやるだけで。

「いいさ…。ずっとここにいてもな。けど、イビキ、うるさいぞ」

ベッドの端に腰を下ろした辰彦は、恵の髪を撫でるように無意識に腕を伸ばした。指先は頼りなく空気をかき混ぜるだけだったが、それでも恵が楽しそうにくすくすと笑った。

『大丈夫です。人のイビキって聞いたことないですから…、楽しみです。……おやすみなさい』

もう一度、やわらかな声が聞こえてくる。

「ああ…、おやすみ」

それに辰彦も静かに返した。

幽霊相手に――幽霊がいるのに、妙に安らかな気持ちで、吸いこまれるように辰彦は眠りに落ちた――。

◇

◇

翌朝、辰彦が目覚めた時、すでに八時を過ぎていた。

前日は朝からの幽霊騒ぎでまともに休んだ気もせず、それこそ死んだように眠っていたのだ。……今の状況では、多少不謹慎な表現かもしれないが。

定刻の出勤時間はとうに過ぎていたが、辰彦の出勤時刻はあってないようなものだった。なにしろ泊まりも多いし、張り込みも多い。突発的な事件が起これば真夜中でも明け方でもたたき起こされるし、徹夜も続く。

だから家に帰る余裕がある時くらい、少々落ち着いて出たところでバチは当たるまい――、というのが辰彦の考えだった。

自主的なフレックス制を導入しているわけで、いざとなれば現場や聞き込みに直行、という言い訳もできる。

よく言えば時間にフレキシブルな――要するにおおざっぱな――職場は辰彦には合っていた。

とはいえ、吉井がうるさいのであんまり遅くなるのもマズイ。吉井は、何もない時でもラッシュを外して早めに家を出ているようだった。辰彦とはまるで逆である。

『朝ご飯はちゃんと食べないと。コーヒーだけでは胃を悪くしますよ。……あっ、ハンカチ、ずっと同じのをポケットに入れっぱなしでしょう。洗濯してないんですか？』

朝から元気な――元気な、というと語弊がありまくりだろうが――恵がふわふわと後ろをついてまわって、なんだかんだと痛いところをついてくる。

——ヨメか、おまえはっ。

というツッコミを呑みこんで、辰彦は財布と携帯をひっつかんだ。

「じゃあな」

と玄関のドアノブに手をかけたところで、『あーっ！』と悲鳴のような声を上げられ、辰彦は思わずつんのめった。

「なんなんだ……？」

憮然とふり返ると、恵がふわふわ浮いた状態のまま、上目づかいに辰彦を見上げていた。

『おいていくんですか…？』

「あ？」

とっさに意味がわからず、辰彦は難しく眉をよせる。

『一緒に行きたいです』

「ああ…」

言われて、辰彦は頭をかいた。

しかし、幽霊と同伴出勤というのはどうなんだろう……？

『一人で留守番は淋しいですから』

……幽霊のくせに？

と思ったが、確かにいつ帰るかわからない辰彦を待っているのは焦《じ》れるのかもしれない。なにせ、自分の事件だ。

「ついてくるのはかまわないが……、ああ、そうか」

どうやらクマを持っていけ、ということらしい。

幽霊にじっと恨みがましい目で見られるのはかなわない。

辰彦は寝室からクマをとってくると、念を押すように言った。

「……じっとしてろよ。クマの格好でうろうろされるとそれこそ雑誌ネタだ」

怪奇特集ページか何かの。

『はい』

コクコクと素直にうなずいて、恵はうれしそうにクマの中へ入っていった。すうっと吸いこまれるみたいに、茶色のクマの中に青い光が消えていく。

「……あ、でも外へ出ても大丈夫なのか、おまえ？」

行く道々、昨夜の天竜との会話を思い出して辰彦は恵に確かめた。

恵が白方と仕事のあと処理について相談している間、辰彦は否応なく天竜と二人で残されて、おたがいの様子を探りつつ、少し話をしたのだ。

白方が幽体の恵と会話をすることはできないが、何かを尋ねてイエス・ノーで答えることは、ぬいぐるみ姿でもジェスチャーでできる。どうやら白方は、恵の仕事のマネージメントのようなことをしているらしい。本職は弁護士のようだったが。

天竜は初対面から虫の好かない相手ではあったが、当然のごとく共通の話題といえば恵のことしかないわけで、辰彦にしてもできるだけ情報収集はしておきたかった。

「恵はほとんど学校には行けなかった。まともに通えたのは幼稚園くらいだな」

ポツリ、と天竜はそんなことを口にしていた。

「生まれ持った能力を制御できなくて…、まわりの感情の波に押し潰されそうになるからだ。だから友達もいない。同い年の子供と遊ぶこともなかった」

言葉を挟むことはせず、辰彦はただそれを聞いていた。

「祖母は厳しい人で、早くから恵を後継に決めていたから、ずっと側で自分の仕事を手伝わせていた。能力としては恵の方が上だったんだろう。ずいぶんと小さい頃から、恵は人の感情の深いところに関わってきた」

小さな子供にとってそれがどれだけ重荷だったかは、辰彦にも想像はつく。

「恵の能力は金になる。打算で近づいてくる大人は多かったし…、親戚《しんせき》連中もな。腫《は》れ物に触るように扱う者も、恵の姿を見ると顔を合わさないようにして逃げる者もいた」

感情を抑えた、静かな声だった。

「そんな生活でも恵はわがままは言わなかった。いつも静かに現実と向き合っていたし、いつも……笑っていた」

天竜がそんなことを辰彦に話したのは、辰彦に不用意な言動で恵を傷つけるな――、と言いたかったのだろう。

確かに、何も知らなければ本当に暢気《のんき》で無邪気なだけのおぼっちゃんに見える。

「今も人混みに出ることはめったにない。木に囲まれていると落ち着けるようだ」

そう天竜は言っていた。だから恵の家は、あれだけ広い庭に囲まれているのだ。

『政紀から何か聞きました？』

ホームで電車を待ちながら、軽く首をかしげて恵がうかがうように聞いてきた。

いや…、と、どことなく視線を外して辰彦は答える。

『政紀は私の兄代わりですから…、ちょっと過保護なんですよ』

恵は小さく笑った。確かに天竜が思っているほど、恵は子供でもないらしい。

『天竜の家は居合《いあい》道の宗家なんです。精神修養ができていますから、私の前でいろんな迷いや不安を見せることはめったにありませんでした。昔は私もよく癇癪《かんしゃく》を起こして暴れていましたから、面倒をみるのは大変だったと思うのですけど』

「ほう…」

その言葉に、辰彦は思わずうなった。

居合の達人、というわけだ。どうやらシャレや冗談でもなく、恵に何かしたら――物理的にはしようもないが――首が飛びそうだった。

『もともとは嬉野の分家なのですが、代々、嬉野の当主の警護をしてくれています』

つまり、ボディガードのようなものらしい。

「どうやら今回は守れなかったわけだな」

思わず手厳しく指摘した辰彦に、困ったように恵が言った。

『それは…、私の命が狙われているだなんてわからなかったし、四六時中、つきっきりでいるわけではありませんから。この間は……確か政紀は試合があって、たまたま家を空けていたんです』

必死に従兄をかばう恵に、辰彦は微妙におもしろくない気分を味わう。

「まあ、気分が悪くなったらすぐに言えよ」

そうは言ってみるものの、どうしてやれるのかは疑問だ。

刑事の仕事などどこを見まわしても嫌な事件ばかりで、無事に解決したとしても、それが楽しい結果になることは少ない。早期解決の号令でいつも殺気立っているし。

「俺の職場もあんまりいい環境じゃないからな」

『大丈夫です。昔と比べたらずっと楽ですよ。今は見る必要のないものにブラインドをかけることもできますから』

渋い顔で言った辰彦に、恵は静かに微笑んだ。

『それに、どんな人間にも必ずいい面と悪い面がありますから。程度問題ですね。温かい感情に触れると、逆に落ち着くこともできますし』

「前向きだな」

辰彦は感心した。かなり暗そうな少年時代のわりには。

「えらいえらい」

クマの頭を撫でて褒《ほ》めてやると、恵は腕の中でうれしそうにぴょこぴょこ跳ねた。

素直に喜ぶ恵はずいぶんと可愛くて、辰彦も心が和むようだった。

……幽霊を相手に、おかしなことだが。


朝も遅くなってから辰彦がぬいぐるみを片手に登庁すると、さすがにまわりから奇異《きい》の目が突き刺さった。

が、辰彦は気づかないふりで、さりげなくクマを自分のデスクの隅におく。

だが相変わらず朝の早い吉井が、おはようございまーす！　と挨拶をしてから、目敏《めざと》くそれを見つけ、なんすかぁ？　と遠慮なく尋ねてきた。

「あ、彼女へプレゼントですか？」

そう聞いてから無造作に恵に伸ばした手を、辰彦は反射的にぴしゃりとはたき落とした。

「触んなよ」

「――ってー…っ。ひどいですよ。いいじゃないですか、触るくらい。ケチ。今朝だって、先輩の分までちゃんと仕事したのに」

　ぶちぶち言いながら、顔だけ近づけてじろじろ眺める。

「でもプレゼントにしては小汚いですね」

「うるさいな」

　よけいなお世話だ。

　ムッとしながら、辰彦は後輩をにらむ。

「別にそういうんじゃないの。心身ともに疲労困憊《こんぱい》している俺の癒《いや》しグッズだよ」

　どこまで本気かわからないような言葉に、まったくとり合わず、吉井は続けた。

「それならちょっとくらいきれいに洗ってやった方がいいんじゃないですか？　ぬいぐるみ用の洗剤とかあるでしょ」

　それに、え？　と辰彦は顔を上げた。

「そんなもんがあるのか？　おまえ、よくそんなこと知ってるな」

　相変わらずヘンな知識だけは豊富な男だ。

「ジョーシキですよ」

　肩をすくめて言われて、しかし確かに女の子には常識でも、男連中で知っているやつは少ないだろう。……と思う。

「おい、蓮見。おまえ、ファンシーに目覚めたって？」

「そのうち、ひらひらフリルのドレスでも着てくるんじゃねえのか？　女装趣味がバレて暴露雑誌にネタを提供するなよ」

強面な男とぬいぐるみという組み合わせがさすがにめずらしかったのか、そのうちにヒマな見物人まで来るようになって、笑いものにされながらも辰彦は無視して仕事に専念した。

今朝いなかった間に上がってきた新しい報告を聞き――めぼしい情報はなかったようだが――、捜査方針を確認して、所轄署の今回の相方にも連絡を入れる。

「どうだ？　大丈夫か？」

割り当ての関係者の所在確認をしながら、途中で何度か、思い出したように辰彦はこっそりと恵に尋ねてみる。

『大丈夫です～。おもしろいですよ』

意外と暢気に、恵は楽しんでいるようだった。時々はぬいぐるみから抜け出して、ふわふわと部屋のあちこちで浮かんでいる。らしい。日の光も十分な白昼だと、辰彦にもその姿は見づらかったが。

くすくすと笑っていたところを見ると、どうやら辰彦がいじめられているのがおかしかったのかもしれない。まったく誰のせいだ、と言いたいところだ。

『こういうところで仕事をしているんですね…。いい空気ですよ？　みんな、一生懸命ですから』

そしてふわりと微笑んで言った。

なるほど、確かにこの職場は怒声《ばせい》や罵声が飛び交うことも多いが、やはり純粋に、一刻も早く事件を解決するために、それぞれが必死になっている。意見や方針の対立はあったにしても、悪意の入りこむ余地は少ないのかもしれない。

しかしながら、今関わっている事件では最初の発生からは時間もたち、それにつれて新しく入ってくる情報は少なくなる一方だ。

今日もたいした進展はなさそうだな…、と思っていた辰彦だったが、事態は常に急変する。

それは、遅めの昼食から帰ってきたとたんだった。

「あっ、先輩！　こんな時にどこにいたんですかっ？　今、携帯鳴らそうと思ってたとこですよっ」

血相を変えた吉井に、ふり向きざまにいきなりどやされる。

「どうした？」

さすがにただごとではない気配に、辰彦もふっと緊張する。

——まさか、と勘が告げていた。

だがやはり、そのまさかだったようだ。

「……出たのか？」

低く、押し殺したような声でうかがうと、吉井が小さくうなずく。

辰彦は思わずギュッと、手にしていたクマをつかんでいた。

一瞬、恵には聞かせない方がいいか、とも思ったが、仕方がない。

「何が出たんだ？　今度は」

「頭部と左足。それに右手。あとはまだ捜索中らしいです。全部出てきますかねえ…」

吉井がさわやかな顔を歪めて答えた。

「頭か…」

辰彦は顎を撫でながらつぶやく。

この一年ほどの間に連続して起きている、バラバラ殺人事件——それをずっと、辰彦たちは追いかけていたのだ。

都内、もしくは近郊で遺体が——あるいはその一部が——発見され、すべて同一犯だろうというのが当局の見解だった。遺体の切り口が一致している。

被害者は十代から二十代の若い男というだけで、被害者同士の接点は今のところ見つかっておらず、一見、通り魔的な殺人のようにも思える。が、殺人の目的も、バラバラにする意図も、いまだに不明だった。

遺体はそれぞれパーツごとに市販のビニール袋に入れられ、そのまま捨てられていた。身につけていた衣類や装飾品の類《たぐい》は一切ない。また遺体自体も、死後、数週間を経過して発見されることが多く、身元の確認を困難にしていた。

「頭蓋骨《ずがいこつ》が四つめだから、これで少なくとも被害者は四人か……」

辰彦が重い息を吐き出した。

部分的にまだ発見されていないところはあるにしても。

チッチッ、と、吉井がそれに人差し指を振りながら舌を鳴らす。

「甘いですね」

「なんだ？」

その生意気な態度に、辰彦はむっつりと眉をよせる。

「発見された右手、……って、正確には手首ですけど、どうやら頭の持ち主とは別人のモノのようなんですよね」

「だから少なくとも、つっただろ」

得意げににやついた吉井の頭を平手で無造作に殴りつけ、わずかに首をひねる。

「今まで発見されてなかった誰かの手じゃねぇのか？」

「それは鑑識《かんしき》の報告待ちというところでしょう」

いてぇ…、と恨みがましく横目ににらみながら、吉井が答えた。

「しかし頭が出てれば身元の確認は早いかな」

「かなり腐敗が進んでるらしいですけどね。この陽気ですし」

確かに、まだまだ残暑も厳しい九月の頭だ。

とはいえ、腕一本だけ見せられて身元確認を迫られても、身内としては認めたくはないだろう。頭があれば歯形がとれるし、ＤＮＡまで行かなくとも納得のしようがある。

これまでに見つかっていた三つの頭部のうち、一つはまだ身元が判明していなかった。十代か二十代の若者。地方からの家出少年ならば、捜索願が出されていたとしても、該当者を捜し出すのは時間がかかる。

被害者同士の関連はわかっていなかった。ただ年齢は十代後半から二十代前半。

そして外見的なことで言えば、生前の写真を見る限り、どちらの男も線が細い。職業的にも、美大の学生とピアニストの卵という芸術方面だ。がっしりとした肉体労働者タイプではない。……まあ、見元の判明した二人だけだから、単なる偶然かもしれないが。

もしかすると恵はこの事件の被害者ではないか――、という可能性を辰彦は考えていた。

もっとも、当てはまるのは年齢くらいだったが。そして「占い師」を芸術家に分類していいのかも微妙だったが、万が一、その死体が恵なら……今までの例からしてもあまりにむごたらしい状態で、本人に見せたいものではなかった。

考えただけで、胃のあたりがムカムカしてくる。

「死後、どのくらいだって？」

「まだわかりませんよ。それも司法解剖《かいぼう》の結果待ちでしょう」

それを聞いて、辰彦はよし、とうなずいた。そしてふり返って、吉井に向かって顎をふる。

「現場、行くぞ。急げっ」

「先輩を待ってたんですよっ」

噛みつかれて肩をすくめ、辰彦は机の上からクマをひっつかむと、イスを引くこともないままに戸口へ向かった――。


結局、今日発見された死体はたっぷり死後三週間はたっていたらしく、そこから考えても恵ではないようだった。発見場所が川っぷちだったので、ちょっと恐れてはいたのだが。

ここにいろ、浮いて出るなよ、と厳命して車に残していたクマを横目に、なんとなくホッとしつつ……だが本当は、これで恵の遺体が見つかれば、恵ももう迷うことはないのかもしれない。

基本的にはこの事件の捜査本部に出向している辰彦は、組んでいる所轄の刑事と一緒に現場近くの聞き込みにまわり、結果を夕方の捜査会議で報告する。

しかし、どの組からもはかばかしい報告はなかった。

『例の連続殺人鬼《シリアルキラー》の…、被害者なのですね』

日も暮れかけてからいったん本庁へ帰ろうかと車をスタートさせた辰彦に、車の助手席で待っていた恵がポツリ、と言った。

「知ってたのか」

辰彦はちょっとため息をついた。

『あれだけニュースになっていましたし。被害者の人たちは成仏できたんでしょうか』

「幽霊仲間の姿は見えないのか？」

『ここにはいないようですけど』

そんな何ということのないような会話で、しかし恵はもう死んでいるのだ…、と、今さらながらに思う。

占い師なら自分の生命の危機くらい予見しそうなものだが、やはり自分のことは占えない、ということだろうか。

理不尽に――人の命を奪う権利など、誰にもないはずなのに。

さっき見た死体の主《ぬし》に、そして恵に、どんな殺される理由があったというのだろう？

恵はいったい何の未練があって、まだ成仏できないでいるのだろうか。

誰も……自分を殺した犯人でさえ恨んでいる様子はないのに、自分の遺体に未練があるというのも辰彦には不思議だった。

『あっ…！』

と、突然恵が声を上げ、辰彦は思わず急ブレーキを踏みかける。

「……っぶねえな。運転中に叫ぶな。どうした？」

『観覧車……』

しかし辰彦の非難も聞こえていないように、恵がポツリとつぶやいた。

言われてみれば、視界の隅に大きな観覧車が見える。そういえば、近くに遊園地があったのだ。

『だいぶん前に一度だけ、遊園地に行ったことがあるんです。すごく…、人生の中で一番、楽しかった……』

懐かしそうにつぶやいた恵の言葉に、ふっと、辰彦も遠い過去を思い出す。

辰彦は、弟を一度だけ、遊園地に連れて行ってやったことがあった。

行きたい！　とずっと言っていて、でも体力がそれに追いつかなくて。しかし死ぬ前に…、と許可をとって、辰彦は弟を連れ出した。

その時の弾けるような、透き通った笑顔がまぶたによみがえる。

ずっと何年も病院暮らしで。あんなにうれしそうにはしゃいでいた弟を見たのは初めてだった。

「恵」

気がつくと、辰彦は口を開いていた。

「遊園地、行くか？」

えっ？　とさすがに驚いたように恵が目を丸くする。

……いや、シートベルトもせずに助手席にちょこんと乗っているクマの目はもともとまん丸だったが、そんな雰囲気だった。

「この時間なら人もあんまりいないだろうし…、平日だからな。それほど混雑はしてないと思うが」

『いいんですか……？』

何かこみ上げるものを抑えるように、期待と不安の入り交じった目で恵がじっと見上げてくる。

「ああ」

辰彦にとっても数年ぶり…、十数年ぶりの遊園地だった。弟と行って以来。

そう、その時にこのクマを買ったのだ。

どうしても本庁へ帰らなければならないわけではなかった。幸い、誰に会うという予定が入っているわけでもない。せいぜい定食屋で飯を食って、帰って寝るだけだ。

辰彦は観覧車を目印に車を走らせた。

クマを片手に一人分だけの入場料を払って園内へ入ると、当然ながら、平日の遊園地に子供の姿はほとんどない。

しかもこの時間、いるのはほとんどが若いカップルばかりで、男一人というのもかなり目立つ。それも、クマのぬいぐるみを腕に抱いて、一人でジェットコースターに乗るガタイのいい三十男——というのは、相当に異様な光景に違いない。しかも、時々はそのクマに話しかけているというファンシーなオプション付きだ。

すれ違う誰もがギョッとしたようにふり返って、しばらく目で追ってきた。幸せなカップルにいい話題を提供したことだろう。

「本当に乗るのか…?」

恵のリクエストで、とりあえずジェットコースターの前に立った辰彦はもう一度、確認してみる。

とりあえず、今日は恵の希望に応《こた》えてやろう、と思ったものの。

実は辰彦は、ジェットコースターなるものには、一度も乗ったことがなかった。今まで乗りたいとも、乗ってみようとも思わなかった。正直、何がおもしろいのか、さっぱりわからない。

『お願いします』

だがわくわくと答えられて、仕方なくゲートをくぐった。

係員が、手にしたぬいぐるみと辰彦の顔とを見比べて吹き出すのを必死にこらえるように唇を曲げ、そして貴重品はしっかり持っていてくださいね、と注意してくる。

悪いことに、辰彦は一番先頭の席にうながされた。

バーが下り、ガタン…、と動き出したとたん、心拍数が跳ね上がる。うわぁ…、と腕の中で恵が期待に満ちた声をもらす。

『すごい。ドキドキします』

「俺もだよ…」

じっとりと背中に冷や汗を流しながら、辰彦もうめいた。

所要時間は二分ちょっとというところだろう。だが辰彦にとっては、ほとんど永遠にも思える長い時間だった。

最初に回転した瞬間、死ぬっ、と思い、数十メートルを落下した時には、死んだ…、と思った。

自分が叫んでいたかどうかさえ、さだかではない。

ただぎゅっとものすごい力でぬいぐるみを抱きしめたまま――むしろ辰彦がしがみついている、という方が正しかったかもしれないが――途中からずっと目をつぶっていて、降りた時には大地がぐらぐらと揺れていた。

『大丈夫ですか…？』

ベンチに倒れるようにすわりこんだ辰彦の様子に、恵が声をかけてくる。

ぬいぐるみに心配されてさすがに情けなく思いつつ、しかし胃の中がぐるぐるしている辰彦はしばらく答えられなかった。

それでもぬいぐるみを離さなかったことを褒めてほしいくらいだ。

こんなのにあと一回乗ったら、自分の方が恵より先に昇天《しょうてん》しそうだった。

「……おまえ、楽しいか、あれ……？」

思わずうめくように尋ねてしまう。

いつもふわふわ浮いているのに、あのスピード感とか、失速感とかが感じられるのだろうか？

『ぬいぐるみの中だと、風を感じて気持ちよかったですよ』

しかしうきうきと答えられて、そうか…、と辰彦はため息をつく。

まあ、恵がよかったのならいいだろう。……自分としては、二度と乗りたくないが。

幸い辰彦のその様子に遠慮《えんりょ》したのか、もう一回、などとは言わず、恵は他のアトラクションの方へ興味を向けてくれた。

艦《ふね》に乗ってみたり、宇宙船に乗ってみたり。クマを膝に抱いたまま、イリュージョン・シアターで冒険したり、いろんなギャラリーへ立ちよってみたり。

お化け屋敷のようなものもあって、幽霊と入るお化け屋敷というのはどうなんだろう……？　と思いつつ、入ってみたい、と恵が言うのでつきあってやる。

ジェットコースターに比べると、辰彦にしてみればこの手のアトラクションは平気なのだが、恵の方が恐がっていた。

お化けやら怪物やらが飛び出してくるたび、声にならない声を上げて、泣きそうになりながら辰彦の腕にしがみついてくる。

途中からは完全に後ろを向いて、辰彦の胸に顔を埋《うず》めるようにして張りついていた。

お化けを恐がる幽霊ねぇ…、と、そのことの方が辰彦には楽しくなる。

「ほら、それじゃ、意味がないだろ」

と、意地悪く、くるりと反対向けてみると、恵は手足をジタバタさせながらキャーキャーと叫んだ。

他の人間に声は聞こえないし、室内が薄暗いのでその様子は前後の客には見えないだろうが、ある意味、本当にホラーなのはこちらの方だったのかもしれない。

西洋風のお化け屋敷で、出口あたりには魔よけの聖水コーナーのようなものがあって、辰彦はピッ、と指先で水を飛ばしてやる。

もともと本気ではしていなかったが、わざと外して。

あーっ、と恵が声を上げた。

『ひどい…っ。私を除霊しようとしましたねっ』

パコパコと丸い手で腕を殴られる。

「悪い悪い」

辰彦は痛がるふりをしながら笑った。

『そんなことしたら、あの世に行ってから化けて出てきますよ〜。毎夜、あなたの夢枕に立って、すすり泣きとかしてあげます』

「やめろ」

拗《す》ねたように言った恵に、げっそりと辰彦はうめいた。

だがそれでも……たまにはそれもいいかな、とちょっと思ってしまう。

そんなふうに、顔を見せてくれるのなら。

幽霊など信じてもいなかったし、不気味なモノでしかなかったはずなのに、今は恵がいることが妙に楽しい。忘れていた、ひさしぶりの感覚だった。頭を空っぽにして素直に笑える。

弟が死んで以来、そして妻と別れて以来、ずっと仕事に没頭していた。おそらくは何も考えずにすむように。

一人だと言うことを、今さら思い出さなくてもいいように——。

とっぷりと夜も更けて、さすがにアトラクションめぐりにも疲れ、何が欲しいというわけでもなかったが涼を求めてショップへ入ってみた。

「見ろよ。仲間がいっぱいいるぞ」

そこで恵と同じようなぬいぐるみを見つけて、辰彦が指さした。

棚には種類も大きさもさまざまなぬいぐるみが空間を埋め尽くすように並んでいたが、どうやらクマは定番らしく数も多い。

万引きと間違えられなければいいが、と、辰彦はちょっと心配になるが、さすがに売り物は真新しかった。

『本当ですねー』

おもしろそうに恵がきょろきょろする。

「乗り替えるか？　新しいのを買ってもいいぞ」

そう言った辰彦に、しかし恵はあっさりと答えた。

『いえ…、このクマがいいです』

その代わりに、と、恵は時間をかけてキーホルダーを一つ、選ぶ。

辰彦はそれをクマの首のリボンにつけてやった。

『むこうへ持っていけたらいいのに……』

それを見つめながら、恵がポツリとつぶやく。

辰彦はそれに答えることができなかった。

星の瞬く中、辰彦はクマを抱いて観覧車に乗っていた。星空がずいぶんと近く、視界いっぱいに迫ってくるように見える。

恵は辰彦の膝の上に立って、窓に張りつくようにして外を眺めていた。

さすがに辰彦も、一日の疲れとともにぐったりとイスに深く腰を下ろす。ぼんやりと景色を見つめながら、指先が手慰みのようにクマの毛並みを撫でていた。

やわらかい、なめらかな感触が心地よい。

しばらくはおたがいに言葉もなく、それでも優しい空間だった。

辰彦の目に、窓ガラスに映る小さなクマの姿がほっそりとした人間の姿と二重写しに見える。

無心に、空を見上げている恵と。

——生身の肌は、どんな感触なんだろう……？

ふっと、そんな思いが頭をよぎる。

同じようにやわらかいのか。もっと温かいのだろうか……？

と、そんなことを考えている自分に突然気づいて、辰彦はあわてた。

「あ…」

ビクッ、と何か熱いものに触れたように指を引く。

『どうかしましたか？』

怪訝そうに恵がふり返って尋ねてくる。

「え？」

心の中を見抜かれたようで、辰彦はあせって目をそらした。

『感情がめまぐるしく変わっているようですけど。……あ、高いところ、苦手でした？』

「いや、そうじゃない」

ようやく息を一つつき、辰彦は首をふった。

どうやら巫女さんは霊体になっても能力があるらしい。具体的に考えていることがわかるわけではないようで、ちょっとホッとする。

なんでもないよ、とごまかしてから、妙にため息をついてしまった。

「おまえと恋愛する女は大変だな…」

思わず、そんな言葉がこぼれる。

恋人同士にしても、感情が筒抜けではつきあいにくいだろう。

そんなことを気にしないほど、図太くておおざっぱな人間でなければ。だがそれだと逆に、不用意に傷つけてしまう恐れもあるだろうか。

恵にしても、相手の気持ちが見えすぎてしまうことで傷つくこともあったのだろう。

それに恵がそっと微笑んだ。

『そうでしょうね……。でも恋愛に発展するほど、他人と長く一緒にいたことはありませんでしたから』

……多分、こういう質問も、本当は恵の気持ちを傷つけるのかもしれない。
それでも知りたいと思った。
「恋愛をしたことがないのか？」
『ありますよ。私だって』
ちょっと唇を尖《とが》らせて、恵が答えた。
『でも…、相手の人には迷惑でしょうね』
その言葉に、ふいに胸がつかれる。
好きな相手がいたのか…、と。
この恵が、どんなふうに知り合って、どんなふうに相手のことを見てきたのだろう…？
そんなことを考えながら、辰彦はあえてからかうようにクマの鼻先をつっついた。
「俺じゃないのか？　だから俺のところに化けて出たんだろ？」
もちろん、本気でそう思っているわけではなかった。ほんの軽口だ。
『勝手に思っててください』
つん、と恵が言い返してくる。
そしてふっと、つぶやくように言った。
『人は死んでしまったら…、心の中にある想《おも》いはどこへいくんでしょうね……？』
答えを求めているような問いではなかった。

それに対する答えを、辰彦も持ってはいない。

幽霊が存在するということは、身体がなくなってしまっても、行き場のない想いだけが残っているからだろうか……。

「きっと、おまえを覚えている人間の中にずっと残っていくんだろうな」

知らずそんなふうに辰彦は答えていた。

それに恵がそっと微笑む。

『覚えててくれますか？　私のこと。人騒がせな幽霊がいたって』

ああ…、と辰彦はうなずいた。

『ありがとうございました。楽しかったです。今日のことは一生忘れません』

あ、でももう一生は終わってますけど、と笑った恵に、辰彦は胸がつまって言葉を返せなかった。

ただ、ぬいぐるみの身体を腕の中に抱きしめる。

恵の死体は、いずれ見つかるだろう。

それがいつになるのか。それが見つかった時、恵はいなくなるのだろうか。

幸せな思いを抱《いだ》いて逝《い》かせてやりたかった。

あとどのくらい——恵はこの世にいられるのだろう……？

「――あ、コンビニ、よっていくな」

妙に息苦しくなってしまい、空気を変えるように辰彦は目についたコンビニへ足を進めた。

どうせ夕飯も買っていかなければならない。

何の変哲もないどこにでもあるチェーンのコンビニだったが、足を踏み入れたとたん、うわぁ…、と恵が声を上げた。

なんだ？　と思ったが、そういえばめったに外へ出ないと言っていたから、コンビニもめずらしいのだろうか。どんだけお坊ちゃまだ…、とは思うが。

「何か欲しいものがあるか？　なんでも買ってやるぞ」

さっきの詫びも兼ねて、太っ腹に辰彦は言った。とはいえ、しょせんコンビニで買えるものなど、たかが知れている。というか、考えてみれば、食べられない幽霊に楽しめるものがあるんだろうか、とようやく気づく。

かえってまずかったかな…、とあせったが、ええと、ええと…、とずいぶん迷ったあと、ではこれを、恵が示したのは、少しばかり時期を外した売れ残りの花火セットだった。

「したことないのか？」

尋ねた辰彦に、恵が懐かしそうに答える。

「ずっと大昔に一度だけ。政紀が買ってきてくれたので」

友達と花火で騒いだことや、花火大会に行ったことはないのだろう。

それを買って帰って、弁当を食べたあと、辰彦は片手にクマをぶら下げてマンションの駐車場へと降りていった。

来客用の空いたスペースに、花火と水の入ったバケツを用意する。

初めの数本は辰彦がするのを楽しそうに見ていたが、やがてわくわくと恵が言った。

『私もやってみてもいいですか？』

「大丈夫か…？」

クマの手でやるつもりか？　とさすがに不安だったが、恵は輪留めの上にちょこんとのって、うまく丸い両手を使って線香花火を挟んだ。

「いいか？」

辰彦が花火の下にバケツを構えてやり、その先に火をつける。

「気をつけろよ。火花が飛ぶと燃えるぞ」

そう言ったとたん、パチパチバチ…ッ、とものすごい勢いで火花が弾《はじ》ける。

『すごいっ！』

キャーキャーと恵は喜んだ。

なかなかうまいのだが、先の方にできる球が大きくなるにつれて重くなり、指のない手からすべり落ちそうになる。

それを辰彦が横から指先で支えてやった。

夜の十時近かったので、幸いマンションの住人にも見とがめられず、あっという間にささやかな花火大会は終わってしまった。

『あぁ…』

最後の一つが燃え尽きてしまうと、恵がため息にも似た声をこぼす。

「花火くらい、また買ってやるよ」

残念そうな恵の頭をちょこんとつっついて、辰彦はなだめた。

本当に子供の花火くらいで喜ぶのなら安いものだ。

あと片づけをして部屋にもどると、明るい照明の下、案の定、クマの毛先が少し焦げていた。

『すっすみません…っ。どうしよう…?』

おろおろとあせって恵があやまるのに、辰彦は動物の毛繕いでもするように、ハサミで黒くなった毛先を切ってやる。

弟の形見のクマのはずだが……怒るより、笑ってしまった。

こんなに純粋に笑ったのは、ひさしぶりかもしれない。気持ちがなごむ。

日頃は殺伐とした事件を扱ってばかりで、時間に余裕もなく、あまり死んだ弟を思い出すこともなくなっていた。

恵が自分のところに来たのは、たまには思い出してほしい、という弟のメッセージだったのかもしれない。

刺すような痛みとともに、むこうでいい友達になってくれればいいな…、と思う。

天竜から電話があったのは、ちょうど風呂から上がった時だった。

調査の中間報告ということらしい。とはいえ、結果ははかばかしくないようだ。

もともと恵の「仕事」の客筋はいい。政財界の大物や芸能人、スポーツ関係者。

殺人鬼の入りこむ余地はないようだが…、しかし逆に言えば、恵はそういう大物たちのプライベートな秘密を知っている、ということではないだろうか？　そうすると、口封じみたいなこともあるのかもしれない。

もっとも巫女がいちいちそんな理由で殺されていては、命がいくつあっても足りなさそうだ。それに恵は、そういう守秘義務のようなことはきっちりと守っていそうだった。そしてそうでなければ、そんなに代々巫女などという仕事を続けてはいけないだろう。

そういえば、と思い出して、辰彦は尋ねた。

「恵はめったに外出しないって言っていたが、その日はどこへ行ってたんだ？」

それに、思いがけない答えが返ってきた。

『警視庁だ』

えっ？　と辰彦は思わず聞き返してしまう。

『恵はプロファイルのようなこともする、と言っただろう？　例の連続バラバラ殺人事件、……今日ニュースになっていたな。その件で出かけていたようだ。恵は基本的に仕事はすべて自宅で行うのだが、警察関係は持ち出せない証拠物件も多いからな』

もちろん公式には、警察がそんな外部の人間の助力を受けているなどということは発表していなかった。

それはそうだろう。プロファイルといっても、恵は正式な資格や訓練を受けているわけではないだろうし、ましてや、巫女や占い師に頼るなどということを口にできるはずもない。個人的な参考意見を求めるという扱いで、書類にも残していないに違いない。

なるほど、恵が事件のことを知っているのは当然だ。

『幹部の数人が恵の能力を買っていてな。あの事件も現状では手がかりが少ないようだから、何かの足しになれば、というところだったんだろう。だが恵の存在を知っているのは、警視庁内部でもほんの数人に限られる。今、耀が実際に会った人間を特定している』

つまり、その帰りに恵は襲われた、ということだ。

嫌な符号《ふごう》だった。

辰彦は無意識に眉をよせる。

実質的な用件はそれだけだろうが、天竜はすぐには電話を切らなかった。

『……恵は元気か？』

そして淡々とした声でそう聞かれ、辰彦は返事につまる。

すでに死んでいるのだから、元気というのもおかしいだろう。

「変わりはない」

とりあえず、そう答えておく。

そうか…、とため息をついて天竜は答えた。

彼なりに悔やむことが多いのかもしれないな…、と辰彦はようやく気づく。

おそらくは、何よりも恵を守れなかったことが。

辰彦は、初めてこの男に同情した。


それから髪を乾かして、携帯の留守電やメールをチェックして。

寝るぞ、と声をかけると、恵がふわふわと近づいてきて、おやすみなさい、と答えた。

そんな何気ないやりとりがあたりまえのようになっていて……、なんでもないことなのに、胸の奥が温かくなる。

明かりを消すと、より恵の気配を強く感じた。

だが、嫌な感じはない。慣れたのかもしれない。

優しい、包みこむような空気——。

幽霊が恐いと感じるのは、やはりその幽霊が怨念を抱いているからなんだろうな…、と思う。幽霊の放っているその暗い感情が、相手に漠然とした恐怖を与える。

恵の場合は、きっと誰も恨んではいないのだろう。

理不尽に自分を殺した犯人も。両親や、まわりの人間も。

自分の生きた短い一生を、どんなふうに受け止めているのか。

それでも幸せだった、と思っているのだろうか……。

だがそれならば、何の未練があってこの世にとどまっているのだろう？

『ごめんなさい。いろいろと…、ご迷惑ですよね』

目を閉じて、ぼんやりとそんなことを考えていた辰彦の耳に、ふいにそんな声が響く。

『そのうち、ちゃんと成仏すると思いますから、もう少しだけここに……、あなたのところにいさせてください』

どこか不安げな揺れをにじませる言葉に、辰彦はそっと息を吐いた。

「俺でよかったんじゃないか？　幽霊にうろうろされたくらいでまいるほど、ヤワな神経じゃないからな。おまえも化けて出た相手に寝られないほど怯《おび》えられると、寝覚めが悪いだろう」

そしていくぶん軽い調子で答えてやる。

『よかった…』

ホッとしたように恵がつぶやく。そして続けた。

『あの…、ぬいぐるみ、枕元においてもらっていいですか？』

うん？　と辰彦が目を開けてわずかに身を起こすと、恵はふわふわとリビングの方へドアを突き抜けていく。

クマは、むこうのテーブルにおいてあったのだ。

やれやれ…、と思いながら、辰彦はクマをとってきてヘッド部分の棚にのせる。

自分の頭より少し高い位置にクマがいる格好だ。しかしそれだと、寝ている間ずっと見下ろされているようで、いったん布団に入った辰彦は手を伸ばしてクマをつかむと枕の横におき直す。

「ぬいぐるみと添い寝って年でもねぇけどな…」

思わず苦笑した。

それとも女の幽霊なら、それはそれで楽しかったのだろうか？

ベッドは結婚生活の名残で、たっぷりのダブルサイズだ。ぬいぐるみのクマならば、あと十匹や二十匹は添い寝ができる。

恵はすでにぬいぐるみの中に入っているようで、小さな手で枕にしがみつくようにしてへばりついていた。

「弟が…、尚弥《なおや》がよくこうして寝てたな。そのクマが一番の友達だと言っていた」

思い出して、辰彦はつぶやいた。

だから僕がいなくなってもずっと大事にしてね…、と。

本当は棺に一緒に収めようかと思ったのだが、その言葉を思い出してとっておいたのだ。

『弟さんはきっと幸せだったのですね。あなたとの思い出がいっぱいあって』

静かに言った恵に、辰彦はかすれた声で自嘲気味に笑った。

「どうかな。何もしてやれなかった」

今思うと、後悔することばかりだ。仕事にかまけてばかりで。もっともっと…、楽しいことをたくさん教えてやりたかった。

『幸せでしたよ』

だが恵が、まるで自分のことのように断言する。

辰彦はそっと笑って、ありがとな、とクマの頭をちょこっと撫でた。

「むこうへ行って、もし尚弥と会ったらよろしく言ってくれ」

はい、と素直に恵がうなずく。

ほんの軽口のような、何気ない言葉だった。

だが口にしたとたん、なぜか少し、息苦しくなる。

恵も――尚弥と同じところに行くのだ、と。

初めからわかっていたそれを、突然、思い出したように。

◇　◇

翌朝、目が覚めた時、ぼんやりと窓際に立っている恵の姿が目に入った。

添い寝しているぬいぐるみは、どうやら抜け殻らしい。

静かな横顔だった。何か考えこんでいるようにも見える。

繊細な、描《か》いたように整った顔立ち。幽体だからよけいにそう見えるのだろうか。生身だと、また違っていたのか……。

生前の恵の姿を想像することは、ちょっと難しい。しゃべらないでいると、ずいぶんとおとなっぽくも見えた。

だが初めて見た時と比べて、どこか影が薄いような気がする。

カーテンの隙間《すきま》から差しこむ淡い朝陽《あさひ》の中で、今にも泡になって溶けていきそうに身体の線が揺らぎ、ハッとして辰彦は思わず身を起こしてしまった。

『あ、おはようございます～』

その気配に気づいたように、ふわり、と恵が向き直る。

「ああ…」

と、なぜか照れるような思いで、辰彦は反射的に目をそらした。

そしてとってつけたように枕の横でただのぬいぐるみになっているクマを鷲《わし》づかみにすると、ベッドから下りてリビングのテーブルに移し、とりあえず顔を洗う。めずらしく時間に余裕があったので、トーストと卵焼きを作ってみる。

歯を磨いて身支度を調えてから、辰彦はクマをつかまえた。

「行くか」

あたりまえのように言った辰彦に、はい、と恵も答える。

今日は、昼過ぎから警視庁での記者発表が予定されていた。もちろん、例の連続バラバラ殺人事件の捜査状況についてだ。

今まで記者発表は捜査本部のある所轄署で行われていたのだが、事件がさらに大きく広がり、特別捜査本部へと格上げされたことを受けてのことだった。新しい骨が出たことで、しばらく事件を忘れていたマスコミの方もまたうるさくなってきたらしい。

それで、この日は朝から捜査本部の方に直行して相方と目撃者捜しにまわっていた辰彦も、本部で吉井と合流し、いったん本庁にもどることにしていた。

恵を――クマをどうしようかと思ったが、人の出入りが激しい捜査本部においておくとうっかり誰かに踏みつけにされるとか、ゴミと一緒に捨てられるとかしそうだし、ずっと車に置いてけぼりもかわいそうだ。一人で残していくのは恵が淋しそうな気もして。

「一緒に行くか？」

尋ねてみると、恵はコクコクとうなずく。

連れていくのはいいのだが——多少かさばるが重くはない——ただ。

「そういえばおまえ…、本庁からの帰りに行方不明になったんだよな……」

ふと、それを思い出す。

まさか庁内で襲われたわけではないのだろうが、あまりいい気持ちではないはずだ。何も考えずに、この間は連れていってしまったが。

まあ、警視庁に来るにしても、恵はＶＩＰ扱いなのだろう。デカ部屋などに顔を出すはずもなく、おそらくもっと、辰彦などは足を踏み入れたこともないような上階で対応されたはずだ。

『ええ。あ、大丈夫です。周辺の景色を見ると何か思い出すかもしれませんし』

少し緊張した様子だったが、それでも恵ははっきりと言った。

確かにただ死体が出てくるのを待っているよりは、本人が記憶をたどることができれば、手がかりにはなる。……精神的な負担は大きそうだったが。

「先輩ー、何ぶつぶつ言ってんですか？　行きますよーっ」

先に車で待っていた吉井が、ふり向いて声をかけてくる。

「おう」

と、ぬいぐるみを手に近づいた辰彦に、吉井がさすがに目を丸くする。

「……え？　それ持ってくんですか？　まさかずっと持ち歩いてんですか？」

あきれたように聞かれ、辰彦は曖昧にうなずいた。

「いいから、気にするな」

「ひょっとして、それにマイクとかカメラとか仕込んでます？」

さすがに何かある、と思ったのだろう。

「バカ。刑事だぞ」

歩き出しながら真剣な目でコソッと聞かれ、辰彦は思わずため息をついた。

海外ドラマの見過ぎだ。

落としたら困るので、クマをカバンの中に入れて、首だけ出しておく。……なんとなく全部入れると息苦しそうだったのと、外が見えなさそうだったからだが……、多分あまり意味はないのだろう。出たい時には、辰彦の背中で浮いていればいいのだから。

連続バラバラ殺人事件は、当然ながら、警視庁捜査一課と三つの所轄署との合同捜査になっていた。いや、新しい死体――の一部が出たところを合わせると、四つになったのかもしれない。

とはいえ、この日の警察の記者発表は途中経過の報告にすぎず、さほど目新しい情報はなかった。

どうやら昨日出た一番新しい遺体も、まだ身元の特定にはいたっていない。

もともと市民の関心が高い大きな事件だったが、四つめとなると社会不安も急速に広がってくる。

だが早急な解決を、という警察の意気込みとは裏腹に、捜査は難航したままだった。

すでにテレビなどでは連日特集が組まれ、犯罪学や心理学の教授たちがそれぞれ好き勝手な犯人像を描いている。

そしてもちろん、警察の対応の遅さにも非難が集まっているわけで、当局としても尻に火がついているわけだった。

今日の発表にも、新聞各紙だけでなくテレビカメラが何台も入っていて、辰彦たちが庁内に足を踏み入れた時、すでにいつも以上に空気はざわついていた。

「帰りましたーっ！」

と吉井が声を上げて部屋に入っていくのに続いて辰彦が足を踏み入れると、中では返事もなく、数人の同僚がテレビの前に陣取っていた。記者会見のライブらしい。

同じ建物の中、目と鼻の先で行われている会見をこうしてテレビ越しに見るのは、妙に不思議な感覚だ。

捜査本部は一課の課長が責任者になるので、会見でも当然、矢面に立つ。たたき上げで部下には慕われている人だけに、みんな気になるのだろう。

「あ、始まってるんですね」

吉井がいそいそとその一団に近づき、辰彦も一番後ろからテレビをのぞきこんだ。

手に提げたままだったカバンが勝手にぶらぶらと動き、恵が見たそうに必死に小さな身体を伸ばしていたので、辰彦はカバンごと、ひょいと肩に担ぎ上げてやった。

ありがとうございます〜、と頭の上から小さな声が降ってきた。が、同僚たちがうっかりふり返ると、何をしているのかと奇異の目で見られることは間違いない。

しかし幸い、緊迫した記者会見の様子に誰もが釘付《くぎづ》けだった。

画面の中では、当然ながら記者たちからも捜査方針や情報公開について、厳しい質問が飛んでいる。言いたい放題言われてる課長の様子を見ていると、自分たちの不甲斐《ふがい》なさと、申し訳なさと、さらなる犯人に対する怒りがこみ上げてくる。

新しい被害者が出たという以外、目新しい情報はないわけで、課長としても「鋭意捜査中です」をくり返すしかない。メディアにしてもそれは十分にわかっている。もちろん、何かわかっていたにしても、捜査上公表できないこともある。

メディアにしっかりと警察の責任を追及していますよ、というくらいの映像を撮らせると、頃合いを見計らって会見は打ち切られた。

テレビを見ていた捜査員たちの間からも、緊張が切れたようにため息ともうなりもつかない声がもれる。

裏の方で会見につきあっていたらしい係長が、ほどなくダレたように首の後ろをさすりながら帰ってきた。お疲れ様でした、と部下たちの間からも微妙に遠慮がちな声がかかる。あの会見のあとでは、当然機嫌がよいはずもない。

「課長、大変そうですねぇ…」

辰彦の方にもどってきながら、ハァ、とため息をついて小さくつぶやいた吉井の後頭部を、辰彦はべしっと手のひらで殴りつけた。

「他人事みたいに言ってんな」

「ひでっ」

「おまえはもうちょっと捜査班の一員として責任を感じろっ」

「重々感じてますよ。顔には出ないだけで」

恨めしげな上目遣いでぬけぬけと言った若者を、辰彦はいかにも疑わしげな横目でにらみつける。

そんな小競り合いが聞こえていたのか、奥の自分の机へ向かいながら係長が重い息を吐き出した。

「まぁ、今の状況じゃ、たたかれるのもしゃあないわなぁ…」

少ない遺留品の鑑定や、目撃者捜し。被害者の接点。あるいは共通点。

やるべきことはきっちりとやっている。毎日多くの捜査員が足を棒にして、脳みそを振り絞って動いているのだ。そのことは係長もわかっているだけに、突破口が見つからないのが歯がゆいところだろう。

――と、その時だった。

「すみません、大屋《おおや》さん、ちょっとよろしいですか？　大屋さんにも同席いただきたいと刑事部長が」

ふいにドアが開いたかと思うと、顔をのぞかせた男が目敏く係長に目を止めて静かに告げた。

「お、これは管理官。わざわざすみません」

自分よりずっと若い相手に、係長がちょっとあわてたように頭を下げる。期せずして、まわりもわずかにざわめいた。

辰彦もわずかに目をすがめてしまう。

名前は、むろん知っていた。半年ほど前に捜査一課に配属されたキャリアの管理官だ。辰彦よりも四つ五つ若い。もちろん階級は二つほど上になる。

確か、野上《のがみ》といった。野上邦久《くにひさ》。

捜査一課にいる十数人の管理官の中にキャリアが配属されるようになってひさしいが、通常は一名だけだ。だが野上は、二人目としてこの春から着任していた。異例のことだが、……まあ、そのへんは上層部の人間関係とか下々にはわからない人事的な事情とかが絡んでいるのだろう、と勝手に推測して、辰彦も深く考えてはいなかった。

どうせ一年程度で異動になるのだし、実際に顔をつき合わせて仕事をする相手でもない。一緒に飲みにいくわけでもない。せいぜい会議などにちょこっと顔を出して、訓示を垂れるくらいだ。まあ、状況を分析し、捜査方針を決定する責任もあるのだろうが、実際の現場の指揮はやはりたたき上げである捜査一課の課長あたりが執ることが多い。

「いえ、通りがかりでしたから。一課長は？」

低姿勢の係長に、野上も丁寧に返している。

「そのまま上がると言ってました」

ではよろしく、と、その答えに小さくうなずき、何気ない様子でまわりにもちらっと視線を流して

――ふいに辰彦と視線が合ってしまう。辰彦がじっと目をそらさずに見ていたせいかもしれないが。

それをさらりと外して、全体に静かに言った。

「事件も長期化して皆さんもお疲れだと思いますが、どうか一日も早い解決に向けてよろしくお願いします」

軽く会釈のように頭を下げ、丁重に言われて、中にいた刑事たちもちょっととまどったようにバラバラと頭を下げた。

にこりともしない愛想のなさだが、皮肉というわけではなく、ことさら進展のなさを非難されたようでもない。感情を交えない、冷静な口調だ。

現場の苦労も知らずにどやしつけられるよりはマシだが、そう丁寧に言われると微妙にタイミングを外されるような違和感がある。

野上はキャリアにしては押し出しがいいというわけではなく、積極的に――傲慢《ごうまん》に、と言い換えてもいい――捜査に口を出してくるわけでもない。もっと若いもう一人のキャリア管理官は、なんとか手柄を立てたいという気負いがあるのか、そんなところがちょっと鼻につくのだが。

かといって、野上は気弱という雰囲気でもなく、冷静沈着に指示を出すような、やはり官僚タイプなのだろう。現場よりは事務的な仕事が向いているのかもしれない。まあ、現場の捜査員にしてみればやりやすい方だ。

「かー…、御前会議かよ…」

呼び出しを受けた係長が渋い顔でうなった。

どうやらこれから上層部の幹部会らしい。さらに上の方への状況説明と、早期解決への叱咤《しった》激励というところだろうか。

そのメンツだと係長が一番下っ端になるわけで、要するに小言を食らう役目だ。気が進まないのも当然だった。

と、ようやく辰彦はそれに気づいた。

背中が、何かぞわっと肌寒い感じ——。

ハッとふり返ると、うっすらと恵が浮いているのがわかる。青白く……いつも以上に影が薄い。

昼間だからというわけではない。幽霊の顔色が悪い、というとちょっと違う気がするが。しかし表情は硬く強ばって、動揺を表すように小刻みに身体が揺れている。

「どうした？」

様子がおかしく、小声で尋ねた辰彦に、恵はそれでも何かを確かめるようにじっと閉じたドアを見つめていた。

『あの人……、会ったことがあります。さっきの人』

「野上さん？　ああ…、そうかもな」

小さく辰彦はうなずいた。

例のプロファイリングをした時だろうか。確かに野上は、辰彦のような「下っ端」ではない。その場に同席していても不思議ではなかった。

『何かすごく…、ヘンな感じだった……』

ぶるっと身体を震わせるように、恵がつぶやいた。

「変？」

その言葉に、辰彦が眉をよせる。

どう言っていいのか少し迷うようにしてから、恵は続けた。

『彼の持っている感情の色が……、普通とは違って……何か、とても歪《ゆが》んでいて……』

そしてふいに、ゆらり、と、恵の身体が大きく揺らぎ、そのまま薄く、消えそうになる。

『すみません……、気分が悪……』

そしていきなり、恵の気配が途切れた。

「恵…！」

思わず声が大きくなった。

突然の叫び声に、同僚たちがいっせいにふり向いた。

「タツ？　おい、どうした？」

ちょうどドアから出ようとしていた係長が怪訝そうな声で首をひねったが、それにもかまわず、辰彦はクマの入ったカバンを握りしめると、係長を押しのけてそのまま部屋を飛び出した。

「――え？　あ、先輩っ？」

背中から吉井の驚いた声が追いかけてくる。

「何でもない！」

ふり返りもせずに短くそれだけ言い捨てると、辰彦はもどかしくあたりを見まわし、人目につかない場所を探す。トイレだと話し声が響きそうで、結局足早に建物を出ると駐車場に下り、キーを持ったままだった車に飛びこんだ。

カバンからクマをとり出して、腕の中に抱きこむようにしてそっと声をかける。

「恵…？　大丈夫か……？」

もう、このぬいぐるみの中にもいないんじゃないか……？

そんな不安で息苦しくなるくらいだった。

「恵…！　おいっ、しっかりしろっ」

幽霊相手におかしなセリフだと思う。

だがそのおかしさを感じる余裕もなく必死に呼びかけると、小さな手がほんのかすかに動いて辰彦の胸にあたる。小さく震えているようだった。

『大丈夫です……』

やがて、ようやく息を整えたように恵が応えた。クマと薄く二重写しになった顔がかすかに笑ってみせる。

「恵」

安堵《あんど》のため息がこぼれ落ちる。

『少し…、このまま抱いててもらえますか……？』

かすれた声が頼んできた。

『あなたの心臓の音が…、安心する……』

「ああ」

辰彦はそのままそっと、少しだけ力をこめてぬいぐるみを抱きしめてやる。

小さな頭を撫で、背中を撫でて。

しばらくそうしていると、恵の具合はよくなったようで、ホッとした辰彦はクマを膝にのせたままリクライニングを倒して、どさりと身体を寝かせた。クマは腹の上に置き直す。

――あの男……。

そしてようやく、野上のことを思い出した。

これほど恵が怯えるというのは、普通ではないように思う。実際に襲われたのも、この警視庁からの帰りだ。

何か……関係があるのだろうか？

――や、まさかな。

一瞬浮かんだ考えを、無意識のうちに笑い飛ばしてしまう。仮にも警察庁のキャリアだ。いくら公務員の不祥事が続いているとはいえ、さすがにありえないだろう。

そもそも野上のような将来を約束されている男が犯罪に手を染める理由は何もない。……はずだ。

だが、自分が野上の何を知っているのかと問われると、実際のところまったく何も知らないのだ。

あの男個人については。

ドクッ…、と心臓が大きく脈打つのを感じる。胸の内にべっとりと貼《は》りついた嫌な感覚が拭《ぬぐ》いきれない。

警察官で、自分の上司にも当たる男だ。万が一にも恵の殺人――に関わりがあるようだとマズイ。

マズイ――が。

――調べてみるか……。

手の中に収まるやわらかい感触を指で確かめ、辰彦はそっと乾いた唇をなめた――。


「もう…、なんなんですか、いきなり」

ぶちぶちと文句を垂れながら吉井が車のウィンドウをノックしたのは、それから一時間ほどもたってからだった。

無言のまま顎をしゃくると、助手席の方にまわりこんでくる。

その間に、大丈夫だ、と安心させるように、辰彦は手の中のクマをそっと撫でた。クマがちょこっとうなずいて、さらにぴたっと辰彦の胸にしがみつく。

「いったいどうしたんです？　最近先輩、ちょっとおかしいですよ？」

パタン、ときっちりドアを閉めて、怪訝そうな、不審そうな目で辰彦を眺めてくる。

不審なのは、三十男がぬいぐるみを抱いている、というせいだけではないのだろう。実際、ひどくとまどってもいるようだった。

まあ、無理もない。

車にいた辰彦の携帯に、あのあとすぐ吉井から電話がかかってきた。

『どこにいるんですかっ？　何やっててんですかっ？』

という猛烈な抗議に、辰彦は野上の基本的なプロフィールや職歴を調べるように頼んだ。

『……え？　野上管理官……ですか？　どうして……、どういうことです？』

当然、吉井は意味がわからなかったに違いない。

さすがにまわりを気にしてか声を潜めて聞き返してきた吉井に、くわしい理由は伝えず、とにかく調べろとだけ問答無用で命じたのだが。

そのあと辰彦は天竜と連絡をとって、恵が最後に会ったという警察関係者、そして、その時の状況をくわしく調べてもらうことにした。

「あとで説明する。まず報告しろ、報告」

説明は避け、偉そうに命じる辰彦に、吉井は仏頂面のまま、それでもポケットからメモを取り出して開く。

「えーっと…、野上邦久管理官。三十一才。妻子なし。階級は警視…と。現在は都内のマンションに一人暮らし。いわゆるサラブレッドで、実際、かなり優秀な人のようですよ。捜一に来る前は警備部にいたみたいですけど」

「サラブレッド？」

辰彦が眉をよせる。

上司とはいえ、家庭環境などいちいち教えてもらうわけではないし、普通なら気にもしない。

吉井もとりあえず、共有している警察官の情報にアクセスしたのだろうが、さすがに上司の、しかもキャリア官僚のことを表立って調べてまわることなどできるはずもない。庁内の女性警官や同期、先輩後輩など同僚とのつきあいも広くマメな男だから、何気なく話を向けて噂話《うわさ》的なことを仕入れたのだろうか。

「官僚一家ってヤツですか？　祖父は財務省……当時は大蔵省ですか、事務次官まで上りつめ、父親は現在、経産省のナンバー2ですよ。母親は総合病院の理事長の娘ですし。庁内でもかなり気を遣ってるみたいで」

ふぅむ…、と辰彦が顎を撫でる。

「交友関係とかは？」

「そうですねぇ…、この短時間でそこまでくわしいことはわかりませんけど」

聞かれて、吉井がいくぶん悔しそうになった。

ぶーぶー文句を言いながらでも、こういう仕事――情報収集については自分の得意分野だという自負があるのだろう、自分に納得できるまで調べたがる。ある意味、凝り性というのか。

「まわりと個人的なつきあいをしない人みたいで…、今の部署でも前の部署でもですね。野上さんと親しいって人物の名前があがらないんですよ。一緒に飲みに行ったって人も一人もいないし。ちょっと潔癖性なところがあるのか、机まわりとか、いつもすごいきれいにしてるそうですけど。それにさすがに頭はよくて、天才肌の人みたいですね。上層部の評価は高いんですけど、人気はまあまあ…、かな。直接の部下にしてみればやりにくい人かもしれませんねー。判断は的確だし、言っていることは正しいんだけど、……なんていうのかな、そうそう、自分がホントに歯車になった感じ、って言ってる人がいましたけど。命じられたことを過不足なくこなすことだけを求められる、っていうのか」

確かに、野上があせったりあわてたり、声を荒げたり――そんな様子は見たことがなかった。常に冷静。

「まあでも、たたいてほこりの出るカラダじゃないことは確かですよ。酒タバコはやらないし、もちろんギャンブルに手を出している様子もない。スポーツについても何かやっているという話は聞きませんね。ホントに何が趣味なんだか、って感じですけど。――あ、そういや、将来確実なキャリア官僚をターゲットに、積極的に誘いをかけた婦警…、じゃない、女性警察官がいたみたいなんですけど、公衆の面前でバッサリ、『君の身体にはカケラも興味がない』って言ったとか。あの鉄壁の無表情でですよ？　凍っちゃいますよ」

「そりゃ、すげぇな……」

ぶるるっ、と大げさに身を震わせていった吉井に、思わず辰彦も苦笑いした。

「平日の残業は八時までって決めてるみたいで、測ったみたいにきっちりと席を立つらしいですよ。それでちゃんと仕事を片付けてるところもすごいですけど。休日も家にこもって仕事なんですかねぇ……」

管理官ともなれば、同時にいくつもの事件を掛け持ちしている。たまには捜査会議などの現場にも出ているわけだし、それぞれの事件の経過を逐一耳に入れて、分析、報告、指示しなければならない。その分、書類は膨大になるだろう。

「一緒に暮らすとなったら肩が凝りそうだな…」

辰彦は思わずため息をついた。

「……あ、ひょっとしてアレかもしれませんよ？」

と、急に何か思いついたように、吉井が人差し指を突き立てる。

「アレ？」

首をひねった辰彦に、ずいっ、と吉井が身を乗り出してきた。

「マニアですよ、マニア。高学歴の人も多いですからねー。趣味はいろんなフィギュアを集めることかも。それか、プラモとか。で、外へは遊びに行かずに家にこもってるんです。自分で組み立てるのが密《ひそ》かな楽しみなんですよ、きっと」

目を輝かせて言った吉井に、ハァ…、と辰彦はため息をついた。

「……つまりおまえと同類か」

「えーっ、なんでですか。違いますよ」

「おまえの部屋にだって、ガンプラが山ほどあるだろ」

「山ほどじゃありませんよっ。ほんの三つくらいです。俺は単なるファンであって、マニアとかオタクの域まではいってませんから」

必死に言い訳する吉井に、似たようなもんだ、と辰彦は内心でつぶやく。

それに生意気にも、吉井が唇を尖らせて言い返してきた。

「クマのぬいぐるみを連れ歩いている人に言われたくありませんねっ」

……確かに、それはそうだと思う。

辰彦は無意識に咳払《せきばら》いした。

くっくっ…、と恵の笑い声が聞こえてきて——もちろん辰彦にだけだろう——おまえのせいだろうがっ、と無言のままでじろりと見下ろすと、キュッ、とクマの耳を引っ張ってやった。まあ、幽霊が痛いはずもないが。

「……で、野上さんがどうかしたんですか？」

それはともかく、と、ずいっと身を乗り出すようにして吉井が尋ねてきた。

「マジであの人、何かあるんですか？」

それに辰彦は、腕を組んでうーん…、とうなる。

「教えてくださいよ〜。いいじゃないですか。人に調べさせるだけなんて卑怯《ひきょう》ですよ」

それはもっともな話なのだが。

「まだわからないんだ。正直な…」

ため息をつくように言いながら、辰彦は指先で頬をかいた。

幽霊のカンだ――、とはさすがに言いにくい。

「って、今の事件に関係があるってワケじゃないでしょ？　まさか野上さんが犯人だって思ってるわけじゃないでしょうね？」

さすがに恐ろしげな顔で声を潜めた吉井に、辰彦は首をふった。

「何も根拠はないよ。うかつに口にするな」

さすがに辰彦は横目で釘を刺す。

「根拠なんてある方が恐いですよ。なんでいきなりそんなこと考えたんです？」

「あー…、なんつーか……匿名のタレコミ？」

ちょっととぼけるように辰彦は答えたが、ある意味、事実だ。殺された本人からの情報提供。

「あやしすぎでしょ。いくらなんでも。ありえないですよ」

そんな辰彦に、吉井がふん、と鼻を鳴らす。パタン、とメモ帳を閉じて肩をすくめた。

「そうだよな……」

それは辰彦にしてもそう思うのだ。あまりに強引だと。しかし、被害者本人の訴えを無視することもできない。

「で、どうするんです？　もっとつっこんで調べてみた方がいいんですか？」

それでも吉井が尋ねてくる。どうやら、やりかけた仕事を完璧《かんぺき》にしたいA型の血が騒ぐのか。

「ああ、頼むよ」

うなずいた辰彦に、吉井がわずかに口をつぐんだ。そしてそっとため息をついて、静かに口を開く。

「……ほら。今回の事件って、本当に遺留品も目撃者も少ないでしょう？　遺棄現場にしても、徹底的に防犯カメラを避けているし、事件のあとに決められた重点的パトロール地点からもきれいに外れてる。捜査会議でもよっぽどこっちの動きが読める人間じゃないか、って意見が出てたじゃないですか。だから犯人が警察関係者だ、っていうのは短絡的ですけどね」

そう。確かにそんな意見が出たこともあった。

「ま、だから先輩のカンっていうんなら、もうちょっとつきあってもいいですよ。……信じてないですけどね」

やっぱり可愛くはないが、まあ、いい後輩なんだろう。

「頼りにしてるさ」

ニッと笑って、よろしくな、と辰彦は片手を上げる。

だが、さすがに吉井はタダでは起きなかった。

「その後輩への感謝の気持ちをきっちり形で表してくださいよ」

と言われ、やれやれ…、と辰彦は車を降りて吉井と一緒に自販機まで出かけていった。とはいえ、ちょうど自分も飲みたかったところだ。もちろん、クマの入ったカバンもしっかりと手にして。

やっすい感謝だなー、と嫌みたらしくつぶやく後輩の頭を缶コーヒーで殴りつけ、さっさと部屋にもどろうとした辰彦に思い出したように吉井が言った。

「……あ、そういえば俺、今年は盆休みがもらえませんでしたから、彼岸《ひがん》あたりに一度、実家に帰りますからね。一日、休みをもらいます」

パソコンとプラモが手放せない、まったく今時の若者のくせに、なかなか律儀《りちぎ》だ。

彼岸――か……。

恵の死体が見つかって、ちゃんと葬式もしてやれたら、ヒマを見て墓参りくらいはな…、と思う。

それが恵にとって、いい方に考えた未来のはずだが……それを考えることは、辰彦にとって重苦しかった。

「なあ…、死んだ人間の霊って…、どのくらいこの世にとどまってるんだろうな……？」

プシッ、とプルトップを押しこみながら、気がつくと辰彦はそんな言葉を口にしていた。

「何ですか、急に？」

「いや、なんとなく」

さすがに怪訝そうに聞き返されて、辰彦は口の中でもごもご言う。

「死んだ人の霊って七日間この世にとどまるって言いますよね。初七日って、あの世に送り出す儀式でしょ？」

それでもさらりと吉井が返してきた。

「死んだ人は七日の間は家の上の方にいて残された人を見てるんだよ、って、じいちゃんが死んだ時、うちのばあちゃんは言ってましたけど。天国か地獄……じゃない、極楽《ごくらく》行きか地獄行きかの審判を受ける期間でしたっけ、確か」

七日――。

辰彦は反射的に頭の中で計算した。

恵が死んで……今日で五日目、だろうか。

ドクッ…、とふいに心臓が大きく打った。

あと二日。

たった二日で、恵はあの世へ行ってしまうのだろうか。

それとも、もし死体が見つからなければ、未練を残してまだとどまることになるのか。

ずっと――今のまま？

それも楽しいかもな……、という気がして、思わず苦笑してしまう。初めは本当に、見えないふりで逃げ出すくらいだったのに。

幽霊なのにぜんぜん迫力がなくて。マイペースで。感情が豊かで。つられてこっちまで肩の力が抜けてしまう。

恵が現れてから、バサバサと乾いていた心にゆっくりと水が沁《し》みこんでくるようだった。どこか心地よい。気持ちがいい。落ち着く。そんなふうにしか表現できなかったが。

いつも、それこそ背中に貼りついているくらい側《そば》にいるのに邪魔には感じなかった。おそらくそれは、恵がこちらの感情を読めるからかもしれない。きちんと必要な距離をとることを知っているのだ。だから辰彦がかまってやれない時は、基本的に離れているようだった。

人一倍、無意識にも意識的にも、接する相手に気を遣って生きてきたんだろうな…、と思う。

幽霊になったのなら、少しは気楽に過ごせているのだろうか。この世に、もう少しとどまってもいいと思えるくらいには。

しかし心の中に浮かんだそんな思いを、辰彦はあわてて打ち消した。

ダメだ。幽霊にとっては、いつまでもこの世にしがみついていることがいいはずはない。きっとちゃんと成仏しなければ、生まれ変わって幸せになることもできないのだろうから。

遺体を見つけてやらないとな…、と思う。

「どーしたんですか、急に？」

珍妙な顔で見つめてくる後輩に、なんでもないよ、とあわてて返し、辰彦はめずらしく早めに職場をあとにした。

もちろん、クマのぬいぐるみを抱えたまま。

カバンにも入れず、そのまま腕に抱いて帰ってきた。

少しでも、恵が楽なように。

まわりの視線は感じたが、恥ずかしいという気持ちは湧いてこなかった。

同情……だろうか？

ただの同情なのか。

相手は触れることさえできない、幽霊なのに――。


その晩、辰彦は「小汚い」と言われてしまったぬいぐるみを、吉井に教えてもらったぬいぐるみ専用の洗剤で洗ってやった。帰り際、おもちゃ屋に立ちよって探してきたのだ。

ムース状の液をつけて布で拭《ふ》きとるタイプだったが、ホコリ汚れくらいだったのでかなりきれいになる。くすんでいた色がやわらかな風合いにもどった。

それを辰彦の背中から、恵が興味深く眺めていた。

『うちの子もきれいにしてあげたいな…』

よし、と満足げにうなずいた辰彦の後ろで、恵がぽつりとつぶやく。

どうやら恵も、家にはぬいぐるみをいくつか持っているのだろう。

「今度休みになったら、おまえの家に行ってきれいにしてやるよ」

そう言うと、ありがとうございます、と恵が微笑む。

その夜、恵はしばらく幽体のままでふわふわと浮いていた。明かりを消すと、青白い光がスーッと流れていくように見える。

恐くはなかった。きれいだと思う。神秘的で。恵の魂そのものが光っているようだ。

ベッドに入って、いつものようにクマを横においてやってから辰彦は声をかけた。

「寝ないのか？　……っと、そうか。寝ないんだったな」

……だったら、クマと添い寝してやる必要もなさそうだったが。

ほうき星みたいな尾を引いて近づいてきた淡い光が、ふわりと人の形をとる。

『ずっと夢の中にいるみたいな感じですよ』

「夜が長いな」

『そうでもないですよ？』

恵が小さく笑った。

『一人じゃないですし』

ふわふわと部屋を漂っている姿もだんだんと目に慣れてきて…、なかば普通の、あたりまえの光景になっている。

クマの姿でちょこまかと動くのも。

するりと辰彦の現実に入りこんできた非現実。……もちろん、いつまでも続くものではない。

「成仏する時にはちゃんと言えよ？　その晩くらいはつきあってやるから」

知らない間に、動かないただのクマにもどっていることはつらすぎた。

はい、と恵は素直にうなずく。

『ありがとうございます』

あと、二日――。

思い残すことがないように。

どうしても、身体を見つけてやらなければならなかった。

だがそのためには、犯人を捜す必要がある。

◇　　　　◇

「野上邦久…、ですか」

この間も通された応接室だった。

辰彦のむかいのソファで、白方が何か考えるようにつぶやく。

「私は直接会ったことはありませんが…」

白方は言葉を途中で切って、尋ねるように隣をうかがう。

横には天竜が腕を組んで、相変わらず無表情なままにすわっていた。

「一度、会ったな」

そして引きとるように答える。

「もともと、今の警視庁副総監の藤枝《ふじえだ》氏が嬉野の家とは代々のつきあいなんですよ。個人的なことで何度か相談に乗ったことがあったのですが、例のバラバラ殺人事件の…、三つめの頭部が出た時に、非公式に協力を頼まれたんです。遺留品や遺骨を持ち出すわけにはいきませんから、以前と同様、その時もこちらから出向いていました」

白方が辰彦に説明してくれる。

『残留思念を…、時々、拾い上げてしまうこともありますから』

それに恵が補足する。

「その時に同席していたのが刑事部長と、その野上という男だった」

淡々と口にした天竜に、なかば独り言のように辰彦がつぶやく。

「ではそれ以前に、野上に恨みをかうような接点はなかったわけだ…」

「その男があやしいのですか？」

わずかに身を乗り出すような白方の問いに、辰彦は渋い顔で首に手をやる。

「なんとも言えないな。ただ恵が彼を見た時、ひどく怯えていた」

「そういえば、最初にその男と会った時も、恵は帰りの車の中でずいぶんと疲れていた。直接会話をすることはほとんどなかったはずだが」

天竜が一つ一つ思い出すように、ゆっくりと口にする。

『最初に会った時も…、すごく強い、でも暗い気を感じたものですから』

辰彦の膝の上で恵もおずおずと口を開いた。

『……恐かったです、正直。目に見える表情は何も変化はないのに、内側で感情だけがものすごい勢いで渦巻いていていて』

思い出したように身を震わせた恵を――クマを、辰彦は無意識に手のひらで強く、包みこむようにする。

「しかし…、どうして彼が恵を？　目的がわかりませんね」

白方の言葉に、辰彦ははっきりと言った。

「そう。連れ去ったのは計画的だった。個人的な恨みによる殺人が目的なら、連れ去る必要はない。その場で殺せばいいだけだ。営利誘拐でもない。つまり誰が犯人にせよ、目的は初めから恵だということだ」

そうなのだ。恵自身が目的だった。

「それは、まさか恵自身があの連続殺人事件の被害者になったおそれがあるということですか…？」

白方がかすかに震える声で尋ねてきた。その眼差しが祈るように見つめていたが、辰彦はあえて淡々と答えた。

「可能性としては」

白方が固く目を閉じて、大きく息を吐き出した。

恵の身体がバラバラに分解される想像をしたのかもしれない。

辰彦も…、その可能性が強まるにつれ、夢に出るくらい何度もそのイメージに襲われたものだ。

「なんにせよ、野上が犯人だという証拠は何もない。だが恵の感覚を信じてみてもいいと思う。例の事件でないにせよ、恵の失踪《しっそう》には関わっている可能性はある」

辰彦が静かに言った。

正直なところ、同じ警察官としては関わっていてほしくない。というより、もし関わっていたとしたら大問題どころではなかった。まさしく激震だ。警察組織全体の汚点になる。

その責任は――どこまで波及するのだろう？　刑事部長はもとより、警視総監、あるいは警察庁長官まで行くのかもしれない。

それを想像するとゾッとする。

しかしそれだけに、絶対に確実な、言い逃れのできない証拠が必要だった。中途半端な結果では、上層部がよってたかってうやむやにしかねない。

なにしろ、キャリアにキズをつけないために、あの記者会見にしても野上は表には出ていなかったのだ。

少し考えるようにしていたが、白方がそっとうなずいた。

「しかし…、証拠がなければいきなり彼を捕まえるわけにもいかないでしょう？　まさか幽霊に証言させるわけにはいきませんから」

その通りだった。身辺を徹底的に調べている時間も——ない。

「だから、罠《わな》をかけてみようかと思うんだが」

そっと唇をなめ、辰彦は低く言った。

……おそらく、刑事としては禁じ手だったが。


午前中に恵の家に立ちよっていた辰彦は、昼前になってようやく本庁にたどり着いた。

「おや、先輩。今日はまたずいぶんと早い出勤ですねえ」

と、吉井のたっぷりとてんこ盛りにした嫌味に出迎えられる。そして辰彦の抱いているクマに、はぁ…、とほとほとあきれたようなため息をついた。

「また持ってきてんですか？　どーしたんですか、ホントに。キャラじゃないですよ」

可愛くない言葉を吐いて、ちろっとクマを眺めてくる。

「あれ、でもクマ、きれいになってますねー」

「そうだろ」

ちょっとうれしくなって、机の隅におきながら思わず自慢してしまう。

「あ、わかった」

吉井がまた手を打った。

「彼女にあげるんじゃなくて、もらったんでしょう？　私の代わりに大事にしてね、はぁと、……みたいな」

「はいはい、ありがとう」

女の声色を使ったつまらない推測を一蹴《いっしゅう》して、辰彦は席に着く。

しかし軽口だけでなく、ちゃんとやることはやってくれていたようだ。

「あ、そうだ。昨日あれからまた野上警視のことをあちこち聞いてみたんですけどね」

まわりをはばかって声を潜め、えーと、と手元のタブレットを操作する。

「なんかあの人、退庁したあと、花屋によって大きな花束を買っていくのが何度か見られてるんですよ。それもかなり頻繁《ひんぱん》に。でも恋人がいる様子はまったくないですし、しかも自宅付近の人に聞いても、彼が花束を抱えて帰ってきてるのは見たことない、って」

不思議ですよねえ？　と吉井が首をひねる。

「誰にあげてるんでしょう？　クラブのホステスとかに入れあげてるんならわかりますけど、酒は飲みませんし、帰宅時間もわりと遅いですからね」

「花ねえ…」

辰彦も低くうなる。

どうやら、変な野郎だと言うことは間違いないらしい。いや、仮にも自分の遥《はる》か上の上司になるわけだが。

「――で、なんなんです？」

イスにすわったまま、吉井がじりじりと迫ってくる。

「そろそろ教えてくださいよー」

好奇心いっぱいの目で見上げられて、辰彦はため息をついた。

「わからん、つってるだろ。……けど」

辰彦は後輩を手招きする。文字通り、膝を突き合わせるほどに近づいてきた吉井の耳元に、小さくささやいた。

「明日一日、空けとけ。車、用意してな」

「どういうことです？」

吉井が眉をよせ、上目遣いに見つめてくる。

「何かあるかもしれない、ってことさ」

姿勢を直して、いくぶんとぼけるように辰彦は言った。

「だからできる仕事は今日中に片づけとけ」

明日は多分…、一人でも手は多い方がいい。しかしおおっぴらに警察官を動員することはできないのだ。

大きな動きがある、と予感したのだろう。

「わくわくと楽しいことですか？」

どこか探るような目で、しかし口調はとぼけるように吉井が聞いてくる。

「ドキドキハラハラ……じゃねぇかな？　普通じゃ手を出せねぇ相手だしな」

うっかりすると、辞職願を出さなければいけなくなるくらいに。

わずかに首を曲げて答えた辰彦に、にやりと不敵に吉井は笑った。

「いいですねぇ、やっぱり刑事はそうでないと。もちろん、課長や係長には内緒……ですよね？」

「言えねぇかな…」

渋い顔で辰彦はうなった。

正直なところ、かなり心苦しい。つきあいも長いし、今までずいぶん仕事上のミスをかばってもらってきている。せめて一言、とも思うが、しかし説明のしようがないことも事実だった。確信や証拠があることでもない。しかも相手は上層部だ。話したところで、今度ばかりは止められることは間違いないだろう。仮に真面目《まじめ》に辰彦の話を聞いてくれたとしても、その難しい判断を待っている時間はなかった。

いずれにしても、失敗した時の責任を考えると、自分が独断で突っ走った方がマシなのだ。もちろん暴走を許した管理責任は問われるだろうが、わかっていて許したのと、知らなかったのとではやはり責任の重さは違うだろうから。

問題になった時には自分一人で責任をとるつもりだったし、吉井の手は借りることにはなるかもしれないが、責任を負わせるつもりはなかった。

「僕、うっかりクビになっても再就職先には困らないだけのスキルがありますから。そのうち、会社を興して先輩のことも拾ってあげますよ。……あ、でも基本的には全責任は先輩になすりつけて逃げますけどね」

ニッと笑って生意気に吉井が言った。

辰彦に気を遣わせない言葉。これで空気は読める男なのだ。

「誰がおまえに使われるかよ」

肘で後輩の脇腹を突き上げながら、辰彦もあえて軽く返す。

行きまーすっ！　と、張り切って吉井は仕事にかかった。冷めた割り切りのいい今時の若者のようで、案外熱血な男だ。

まわりに人がいなくなってから、くすくす…、と小さな笑い声が耳をくすぐる。

『いいですね、仕事仲間って』

目の前のクマが小さく首を動かしていた。

「こら。ちゃんとぬいぐるみのふりしてろ」

辰彦が小声で叱《しか》りながら、指先で小さな耳を摘んでやった。えへへ…、と恵がくすぐったそうに笑う。

そのあとも、仕事をしながら辰彦は時々、恵に声をかけた。

ちゃんとそこにいるのを確かめるように。

まだ、いるのだ――、と。

それは自分が安心するためだった。


待っていた連絡があったのは、夕方の五時をまわったくらいだった。

もしもし、と出た辰彦に、

『明日の二時だ』

と、すでに聞き慣れた男の低い声で短い言葉が告げられる。

「わかった」

と、辰彦も一言で返した。

わずかに迷うような沈黙があってから、天竜が「恵は？」と尋ねてくる。

「いるよ」

ちらっ、と机の隅を見て、空いている手をクマに差し出してみると、「お手」をするみたいに、恵がぽん、と丸い手をそれにのせてくる。

思わず吐息で笑ってしまう。

そして、あぁ、と思いついた。

天竜もいつ恵がいなくなるのか不安なのだろう。目の前にいないだけになおさら、だ。

「……今晩はそっちへ泊まってもいいか？」

辰彦はそう尋ねた。

もし恵がいなくなるとしたら、天竜にしても白方にしても、その瞬間は側にいたいだろう、と思う。

恵にしても、自分の家の方が落ち着くはずだ。

本来、縁もゆかりもなく、ずうずうしい頼みにも聞こえるが、天竜も辰彦の意図は察したのだろう。

一瞬、息を呑むような間があってから、やがて、ああ…、とかすれた声で返事がある。

じゃあ、あとでそっちに行く、と伝え、辰彦は携帯を切った。

何かがこぼれ落ちそうになるのを必死にこらえる。

あと一日――。

あと一日で、本当に恵はいなくなるのだろうか？

もうちょこまかとぬいぐるみが動くこともなくなるし、ふわふわと青白く部屋の中で浮かんで、おやすみなさい、と言ってくれる声もなくなる。

そう。怪奇現象が収まるわけで、あたりまえの、普通の日常にもどるだけなのに。

だが先のことを考えると頭の中は真っ白で、恵のいなくなったあとのことが想像できなかった……。


その夜、辰彦は恵の屋敷に泊まった。

比較的玄関に近い応接室しか知らなかったが、案内されたのはこの広い敷地の一番奥まった場所で、渡り廊下でつながれた独立した離れだった。

どうやらここが、恵がふだん暮らしていたところらしい。
二、三部屋続いているようだが、一番手前のリビングは三方が大きなガラス張りで、まわりは外界も見えないほどすっぽりと木々の緑にとり囲まれている。
まるで森の中にいるようだ。毎日が森林浴というところか。

マイナスイオンを浴びまくりだな…、と辰彦は感嘆する。この都会のど真ん中で、だ。贅沢《ぜいたく》なことだ。

だが恵が楽に呼吸するにはそれが必要なのだろう。邪気のない、優しい空気が。

そのさらに奥が寝室で、あとは書斎のような部屋があるらしい。

さすがに寝室を使うのはためらわれ、辰彦はリビングのソファをベッド代わりに借りた。まだ寒いという季節でもなく、毛布が一枚あれば十分だ。

客間も用意してくれていたようだが、恵がやはり自分の部屋の方が落ち着くような気がした。

白方も今日は泊まっているらしく、代わる代わる二人がやってきて、恵におやすみ、の挨拶をしていく。

「明日は…、見つけてやるから」

天竜が誓うようにささやいて、そっとクマの頭を撫でた。

『大丈夫。急がなくてもいいから…、無理をしないで』

丸い手で何度も男の手の甲をたたきながら恵が返したが、男の耳には届いていないようで、辰彦が伝えてやる。それにうなずきながらも、自分で恵の声が聞こえないのがもどかしいようだ。

そしてやはり、なぜ自分に聞こえないのに辰彦には聞こえるのか、という理不尽な思いがあるのだろう。しかしそれを辰彦に当たるわけにもいかず、苦渋の表情で部屋を出る。

「ずいぶん仲がいいな」

二人が行ってから、辰彦の口から思わずそんな言葉がこぼれた。

自分の従兄弟《いとこ》など、それこそ身内の結婚式か葬式でもなければ顔を合わすことはない。

それに恵がひっそりと微笑んだ。

ふわりとクマから抜け出してガラス窓の前を漂っていた恵は、背後が街の灯《あか》りもない闇なだけに、いくぶんくっきりと見える。

薄気味悪い幽霊のはずなのに…、青白く輝く姿は儚げで、きれいだった。

『私は両親にあまり縁がありませんから。あ、亡くなったわけではないのですけど…、あまり私に会いたくないようで。母親は別のマンションで暮らしていて、こちらにはほとんど帰ってきませんし、父親もずっと伊豆《いず》の別荘の方で、趣味の絵を描いて暮らしています。家族で顔を合わせるのは、年に一度、あるかないかでしょうか』

辰彦はハッとした。

それは……やはり、恵の能力のせいなのだろうか。

自分たちの息子を——恐れて。

だが本来なら、傷つきやすい子供を一番に守ってやるべき存在のはずだ。

両親が自分を恐れている、ということを悟った時の子供の気持ちは……いったい、どんなものなのだろう？

辰彦は無意識に指を握りしめる。怒りと憤りが胸に突き上げてきた。

もっと恨んでもよさそうなものだった。

両親や世の中や…、まわりのものを。

『あの二人……くらいでしたから。まともに私と向き合ってくれたのは。やっぱり気持ちが筒抜けになる相手とは、なかなか面とは向き合いにくいでしょう』

恵自身がある程度コントロールすることはできるのだろう。しかしそれは、相手にはわからない。

自分の心の中がどこまで見られているか、など。

何一つ、恵の責任ではないはずだが。

「学校にもまともに行ってなかったんだったな…」

天竜がそう言っていたことを思い出す。

『あ、でも全然友達がいなかったわけじゃありませんよ。とても仲のいい子がいました。一人だけ…。その子は身体が弱かったから外で遊んだのは一度だけでしたけど、よく一緒にいろんな話をしてました』

うれしそうに話す恵に、辰彦はなぜかホッとする。……涙が出そうなくらいに。

「そうか」

きっとその友達と、あの二人が恵にとっては救いであり、支えだったのかもしれない。

素直に育ったよな…、と思う。ちょっと抜けているくらいに、だが。

「どうしておまえ…、俺のところに来た？」

ふいに、そんな言葉が辰彦の口をつく。

そんな状況ならば、死んだ時……一番行きたいところへ魂は行くものではないのだろうか？

『えっ？』

突然の問いに、恵が動揺したような声を上げる。

いつの間にか——、と最初に会った時に言っていたが、それでも何か理由とか、とっかかりくらいはあるだろう。辰彦にだけ、恵の姿が見えたり、声が聞こえることもそうだ。

『それは……』

恵が顔を伏せて言い淀《よど》む。困ったような、とまどったような表情。

「いや…、別にいいけどな」

そんな様子に辰彦はあわてて言った。

無理に言わせるようなことでもない。今さら、だった。

偶然にしても、必然にしても……恵は、自分のところに来たのだ。他の誰のところでもなく。

そのことが素直にうれしいと思う。

辰彦は立ち上がって部屋の明かりを消した。

淡い月の光だけが射しこむ中、恵の姿がきれいに浮き上がる。

『辰彦……？』

辰彦の動きをじっと追っていた恵が、とまどったように首をかしげる。

ソファへもどった辰彦は深く腰を下ろしてから、手で恵を招きよせた。

恵がふわふわと近づいてくる。

「もっと」

辰彦の前で止まった恵に、さらに近づくように言うと、恵は困惑した顔のまま、辰彦の膝の上あたりにとどまる。

むろん、重さは感じない。

軽く手を伸ばせば、青い光をすくうように指がすり抜けていく。

恵が瞬きして、じっと辰彦を見つめた。

辰彦は指先でその輪郭をたどるようにして確かめ、そして尋ねた。

「俺が好きか？」

恵が一瞬、大きく目を見開く。

わずかに唇が開き、呆然と辰彦を見つめて、そしてあわてたように視線を外す。

わずかに迷うように口ごもってから、そっと、うかがうように辰彦の顔を見る。

『それは……』

『嫌いな人のところに……、来たりしません……』

辰彦はクッと喉の奥で笑った。

そう、そのはずだ。

人生で――この世にいられる最後の時を、嫌いな人間と過ごしたいはずはない。

恵は自分のことを知っていたのかもしれないな…、とふと思う。自分が知らなかっただけで。

「そうか…。どこかで見初められたのかな？　イイ男だもんな」

辰彦はにやりと笑って顎を撫でた。
恵がパチパチと瞬きして、くすっと笑う。
『ええ…、イイ男です』
暢気で、淋しがり屋で、可愛い幽霊――。
――もっと早く…、会えればよかった。
心の中で、そう思う。
ちゃんと触れられる時に。
だがそれを口にすることはできなかった。
自分にとっても、そして恵にとっても、つらいだけだ。
だから、今、言えるのは。
「幽霊でも…、おまえに会えてよかったよ」
そっと、ささやくように辰彦は言った。
指先で恵の顔の形を確かめながら。
祈るように、恵が少しでも幸せな想いでむこうにいけるように。
『たつ……』
呆然とつぶやいた恵の瞳から、すぅっ…と涙がこぼれ落ちる。
音もなく、青い光が滴になって頬を伝っていった……。

幽霊ときどきクマ。

◇　　◇

翌日は、家の中がさすがに朝からどこか緊張した空気に包まれていた。

使用人たちは、客があるという以外には特に何も知らされているわけではなかったが、やはり天竜たちの緊張が伝わるのだろう。

その客が訪れたのは、約束の時間ちょうどの二時だった。

警視庁副総監の藤枝と、それに二人ほど、警護代わりの人間がついている。

そして、野上だ。

「わざわざご足労いただきまして」

天竜が玄関先で出迎えて、応接間へと案内した。

――あいつ、まともにしゃべれるのか……？

と、正直辰彦は不安だったが、他にしゃべってくれる人間がいないと、それなりに口を開くらしい。

ふだんは寡黙な男だし、しかも居合道という武道をやっているくらいだから正々堂々、駆け引きが得意そうでもないのだが。

本当は白方の方がこういう役はうまそうだが、今回は別の、もっと大切な役割がある。

「電話では言えない用件とは、何かあったのですかな？」

いくぶん厳しい顔つきで藤枝が尋ねている。

還暦前くらいの初老の男だが、天竜に対する言葉遣いは丁寧だった。

辰彦は別室のモニターで、その様子をじっと観察していた。

恵を膝に抱いたまま。

野上は相変わらずの無表情だった。それでも目つきだけが異様に鋭い。

年齢にしても階級にしても、当然藤枝の方が上になるわけだから、常に一歩引いたところに位置していたが、しかし卑屈なところはまったく見られなかった。ともすれば、黙っていても野上の方が迫力があるくらいだ。

「ええ…、実は」

そして天竜も、それに負けないくらい平静だった。少なくとも見かけは。

一息おいてから、天竜は静かに言った。

「ご宗家が見つかったんです」

「えっ!?」

と、瞬間、大きく目を見開いて、藤枝の腰がソファから浮いた。

「見つかった…？」

驚愕《きょうがく》もあらわに唇を震わせ、そして大きく息を吸いこんで、ようやく倒れるようにソファへすわりこむ。

どうやら対外的に恵のことは「宗家」と呼び習わしているらしい。

そう聞くと、妙に貫禄というか威厳が増すようで、へー…、と思わずつぶやいた辰彦に、ハッタリみたいなものです、と、膝の上で恵が笑った。

恵の「行方不明」を、天竜たちは正式には届け出をしていなかったのだが、もしかすると何か事件に巻きこまれたのかもしれない、と古くからの顧客である藤枝には伝えていた。何かあった時にはお力を借りるかもしれません、と。

副総監にはかまわず、辰彦はじっと野上の様子を見つめていた。

その表情に目立った変化はなかったが、ただ一瞬、眼鏡の奥で瞳孔《どうこう》が開いた気がする。

「ご宗家は無事だったのか……。いや、よかった」

手のひらで額を押さえ、藤枝が大きく息を吐き出した。

身代金などの要求もなく、何らかの事件に巻きこまれた——、ということは、例の連続殺人事件の被害者になった可能性を、彼も考えていたのだろう。

「しかしいったいどこで…、どうやって？　何があったんだね？」

身を乗り出すようにして尋ねた藤枝に、天竜が淡々と答えている。

「ご宗家が普通の人間と違うことはご存じでしょう？　特別な力があるのは。……実は声が聞こえたのです。迎えにきて、という声が」

それに、ああ…、と感嘆したような深いため息を吐き出す。

もともと藤枝は、恵の能力に心酔しているようだった。良くも悪くも、だが。

「それで…、ご宗家は犯人について何か？」

ようやく公人としての立場を思い出したように、藤枝が真剣な眼差しで続けた。

「例の…、殺人鬼だったのかね？」

「いえ、それはまだ」

天竜が無表情なままに答える。

「もちろん警察の方には状況をお話しする義務があるかと思いますが、なにしろ今は衰弱しきっていて、まともに言葉がしゃべれる状態ではないのです」

「無理もない…」

もっともらしい言葉に、藤枝が何度もうなずいた。

「それで副総監には、たってのお願いがありまして本日はお呼び立ていたしました」

こういう持ってまわった言い方の似合う男だな…、とモニター越しに辰彦はつくづく思う。

「もし犯人がこのことに気づけば、また襲われるかもしれません。ですので、その対策をと」

「そ、そうだな。なるほど。ではすぐにこの家の警備を固めるようにしよう」

よろしくお願いいたします、と天竜が両手を膝についてスッ…、と頭を下げる。

「野上くん、聞いての通りだ。万全の手配を頼むよ」

横を向いて言った藤枝に、はい、と野上が静かにうなずく。

本当によかった…、と藤枝が何度もうなずきながら立ち上がる。

恵のことを孫のように思っているのか、あるいは巫女としてあがめているのか。

野上も上司のあとから廊下に歩き出しながら、ふと足を止めて天竜をふり返った。

「それで、ご宗家の容態はいかがなのでしょうか？」

ほとんど初めて、まともに野上が口を開く。

張りのある、よく通る声だ。感情をまったく見せない。

「できればお見舞いなりさせていただければと思うのですが。警護の都合もありますし、必要でしたらしかるべき医療機関への搬送《はんそう》も考えませんと」

おそらくここが、この茶番の一番のポイントだった。

恵の受けた傷について、うっかりしたことは言えない。刃物か銃か毒か。どんな殺され方をしたのかもわからないのだ。

そして顔を見せることもできないとなると、さすがに怪しむだろう。自分で手にかけた覚えがあれば、なおさらだった。

「ああ…、できればぜひ」

しかし藤枝もそれに乗る。

「では、どうぞこちらに」

天竜は動揺することなく、静かに言った。

離れではなく、母家の奥の一室へと案内する。それぞれの部屋がクラシックな和風の佇《たたず》まいを見せる中で、その部屋だけは異質な空気を発していた。

二十畳ほどもある広い一室に最新の医療器材が運びこまれ、そしてその中心のベッドには——恵が横たわっていた。

身体はシーツに隠され、頭には包帯が巻かれ、顔の部分だけしか見えないが、青白くやつれた様子で意識もなく、酸素吸入を受けている。

ベッドの脇には白衣の医師が一人と、看護師が二人、待機していた。

天竜の姿を見て、頭を下げる。

どうですか？　と尋ねるのに、変化はありません、といくぶん沈痛な表情で答える。

寝ていたのは、髪型と髪の色を淡く変え、入念にメイクをした白方だった。

そちらへと切り替えたモニター越しに見る限り、相当に似てる。もっとも辰彦は生身の恵を見たことがなかったので、実際に体つきなどがどのくらい似ているのかはわからなかったが。

『そっくりですね…』

ただ恵本人は驚いたように、そしてどこか楽しそうにつぶやく。

さすがに近づくことがはばかられるような雰囲気で、客の二人は少し離れた戸口のあたりから恵を見つめていた。

「意識がもどりましたら、すぐに連絡を差し上げます」

という天竜の言葉に、藤枝が深くうなずいた。

「野上くん、失礼しよう。我々ができるのは、一刻も早く犯人を検挙することだ」

重々しく言ったその言葉にうながされるように、じっと恵を見つめていた野上もやがて部屋を出る。

パタン…、とドアの閉じる音が響くと、さすがに辰彦も肩から大きく息を吐き出した。

天竜が門の外まで見送り、二人は運転手つきの車に乗って帰っていく。

そのあとを、吉井の車が追いかけているはずだった。

「感触はどうだ？」

帰ってきた天竜に、モニター室から出てきた辰彦が尋ねる。

「空気が変わったな。恵が生きている、と言った時には」

静かにそれだけを答えた。

表情も変えなかったし、モニター越しではわからなかったが、さすがにその場にいると感じたのかもしれない。

このあと考えられる野上の動きは、三パターンある。

一つめはまず、本当に恵が生きているのかどうか確かめにくる。あるいは、再び拉致、もしくは殺害にくる。

二つめは、自分が間違いなく恵の死体を埋めたのか確認に行く。

そして三つ目は、まったく動かない。

それは野上がこの事件とは何の関係もなかった場合か、もしくは恵の殺害と死体遺棄に絶対の自信がある場合だ。

その時は、辰彦たちの負けになる。また一から調べ直さなければならない。

ただ自信があるにせよ、いや、あったとしたらなおさら、自分に疑いの目が向けられているとは思わないはずだ。実際に事件と野上とをつなげる証拠は何もない。だとすれば、現れた「恵」が何者なのか、というのは気になるはずだった。

恵が行方不明なのを知って現れた偽物――だと思うのか。この非常時だ。あれだけ似ていれば天竜たちが恵だと思い込んだとしても不思議ではない、と。

偽物の真意と正体を確かめたいところだろうが、警察の警護がつく以上うかつには近づけない。もちろん、天竜がつきっきりで側にいるだろうことも想像できるはずだ。

偽物を確かめられない以上、間違いなく自分が手にかけていたとしても、やはり死体を確かめたくなるのが人情ではないだろうか？　野上が本当に関わっているのだとしたら。

とにかく、動くのを待つだけだった――。

吉井から連絡が入ったのは、それから四時間ほどもたった、夜の七時をまわったくらいだった。

もしかすると本当に動かないんじゃないか、といらだちを覚え始めた頃だ。

気のせいか、恵の口数がずいぶんと少なくなったようで、それにも不安が募っていた。幽体になって飛びまわることもない。

……近い、のだろうか？

そんな予感に息苦しくなる。

『今、本庁を出ました』

という吉井の報告に、向かっている方向を確認しながら辰彦と天竜が急いでそれに合流した。

恵も、連れていた。

運転する辰彦の膝の上で、眠っているように——ぬいぐるみならば普通の状態なのかもしれないが——じっとしている。

『ずっと抱いててくださいね…。最後まで』

ポツリとそんな声が聞こえてきて、しかし辰彦は答えることができなかった。

ただ言葉の代わりに、片手でやわらかい身体を引きよせる。

野上が車を停《と》めたのは、郊外の住宅街から少し離れた場所に建つ廃院だった。

そこそこ大きな私立の病院跡だ。

「ここは……？」

「ここ、野上の母方の実家が昔あった場所みたいですよ」

さすがに不気味な予感を覚えてつぶやいた辰彦に、先に到着して待っていた吉井がいくぶん緊張を交えて答えた。待っている間に調べたのだろう。さすがにそういうことは抜かりなく、素早い。

そういえば、母親は病院の理事長の娘だと言っていたな、と思い出す。その病院が潰れたのか、あるいは移転したのか。

あたりには夕闇が落ちていた。

「野上は一人か？」

とりあえず確認した辰彦に、吉井が過不足なく返答する。

「そのはずです。同行者はいませんでした。初めから誰か中にいればわかりませんけど。……ていうか、マジ、あの人あやしいですよ。まいったな……」

吉井が梅干しでも口につっこまれたように顔をしかめて頭をかく。

実際のところ、半信半疑だったのだろう。ちょっと先輩の酔狂につきあってやろう、というくらいのノリで。

だがとにかく、中へ入ってみるしかない。

三人はおたがいにうなずきあって中へと足を踏み入れた。

まったく打ち捨てられた状態らしく、門から玄関の間にある庭は荒れ放題だった。もちろん建物も。

壁はところどころ崩れ落ち、置き去りにされたカウンターやソファなどが朽ち果てている。

——ここに、埋められているのだろうか……？

ゴクリ、と辰彦は唾を呑みこむ。

だが恵の気配の方が、数倍、張りつめていた。

自分の死と——向き合うのだ。無理もなかった。

辰彦は、両手でしっかりとぬいぐるみを抱きしめる。

おそらくは三階建てらしい建物も、外観は無惨《むざん》に崩壊している。だが、その正面入り口の、外された鍵だけはやけに真新しい。

そっと足を忍ばせるように中へ移動しながら、吉井が思い出したように懐中電灯を取り出した。用意のいい男だ。

「どこだ……？」

天竜が薄暗い中を見まわして低くつぶやく。

廃墟《はいきょ》と化した院内は、それこそ迷路のように廊下が連なっていた。それぞれが数歩だけ、違う方向へ進んで先を確認してみる。

「——あ、こっちみたいです！」

息遣いだけの声で吉井が呼んだ。

足音を忍ばせるようにして、それでも素早くそちらへ合流すると、どうやら地下へ続く階段のようだった。確かにその先からぼんやりと灯りがこぼれている。

下りた先は、そこだけつけ替えたような真新しい扉――。

閉まりきっておらず、中でかすかな物音がする。隙間から流れ出してくる中の空気がひやりと肌を撫でた。クーラーというにも温度が低すぎる。

「お、応援……、呼んだ方がいいんじゃないですか……？」

この期に及んで怖《お》じ気《け》づいたのか、吉井が今さらに提案する。

「連絡するにも中の状態を確認する必要があるだろ？　単に趣味の部屋だったらどうするよ？　等身大のロボットプラモでも飾ってあるような」

ふん、と辰彦が鼻を鳴らす。

もちろんそんなことを信じてはいなかったが、母の実家があった場所ということは、今でも名義はその両親か、あるいは母親のものになっているのかもしれない。うっかりすれば、こちらが不法侵入で訴えられる状況だ。

もちろん、辰彦もそれなりの覚悟はしていた。

「行くぞ」

乾いた唇をそっとなめると、低く言って、ちらり、と天竜を見る。

この男の目には、迷いはなかった。

おたがいに視線で合図し合って、そしてほとんど同時にドアをたたき壊すような勢いで中へ飛びこむと、中の光が一気に溢《あふ》れ出した。

「な…、誰だ!?」

その音に、さすがにあせったような怒号が響き渡る。広い地下室に、その声はいっぱいに反響した。

どこから聞こえているのかわからないくらいだ。

「きさま……！」

しかし視界の奥の方で何かが動く気配がしたと思ったら、スーツ姿の野上がふり返ってあせった表情をみせた。天竜と、そして辰彦の姿をにらみつけてくる。

「どうしてここへ……？　勝手に入るな！　私有地だぞ…！　おまえたちに立ち入る権利はないはずだ！」

そして、すさまじい形相で叫んだ。

数時間前に見せていた冷静な面は、すでにどこかへ消し飛んでしまっている。

さすがに腐っても警察官だ。言っていることは正しい。

――ただ。

「緊急措置《そち》だ。現行犯逮捕だからな」

いくぶんからかうように言った辰彦に、男の顔色が変わる。

「なんだと…っ？」

「おまえの背中にあるものを見せてもらおうか」

落ち着いた声で天竜が言う。

野上の後ろには、大きな白いケースのようなものが横たわっていた。

プラスチック…にしては質感と艶《つや》がある。まさか大理石、だろうか？　色も、真っ白というよりはわずかにピンクがかった上品な色合いだ。

そしてよく見れば、この地下室は何か大きな展示場のようにも見えた。

凝った装飾の飾り棚や、陳列テーブル。

並んでいるのは……どうやらプラモデルではないようだったが。

ひぇぇ…！　と、後ろで吉井が妙な声を張り上げた。

「こっこっこっ……これっ！　これっっ！」

片側の壁の棚を手にした懐中電灯で指して、ニワトリにでもなったように甲高い声で叫ぶ。

「手が……手がいっぱい……！」

膝が震え、最後の方は涙声になって歪んでいた。

いくつもの手が、整然とそこには並んでいる。右手と左手と、ざっと五、六本。生々しく、どうやら防腐処理をされているのだろう。

他の棚には足が。そして、おそらく別の部分も。

「美しいだろう？　私の夢はね…、私だけの、世界で一番美しい身体を作り上げることなんだ。一つ一つ、最高の部分を集めてね」

男が恍惚《こうこつ》とした笑みを唇の端に浮かべて、歌うように言った。

辰彦は思わず息を呑む。

男はコレクター――だった。人体の。

バラバラ殺人の捨てられていたパーツは、おそらくは男にとって、とっておく必要のないもの――。

――恵、も……？

ドクッ、と身体の中で血が逆流し始める。

すでにバラバラにされているのだろうか？

思わず片手につかんでいたぬいぐるみを、ぎゅっと抱き直す。

「恵の身体をどうした……？」

じわり、と声に怒りがにじみ出す。怒りを通り越して、殺気すらも。

「ああ…、彼は希《まれ》に見る、最高の素材だったよ」

ため息をつくように言った男に、辰彦の中で何かが切れた。

まっすぐ男に向かって突き進む。

そしてその身体を突き飛ばすようにして押しのけると、その後ろの大理石の――まさに棺、だ。その中をのぞきこむ。

「恵……！」

思わず息を呑んだ。

恵は、全裸……だった。

真っ白な、本当に幽体と変わらないほど透き通った肌――。

だがその顔に、生気はない。

「恵……」

おそるおそる伸ばした手のひらに、凍りつくような冷たい感触が返った。

到底、生きている人間が持つ温度ではない。

「触るな…！」

気がふれたように野上が叫んだかと思うと、辰彦の背中を殴りつけ、力任せに棺から引き剝《は》がす。

「……つっ！」

すぐ横の壁に身体がたたきつけられて、辰彦はうめいた。何かの角で頭もぶつけ、ズキッと鈍い衝撃が走る。

それでもようやく目を開いて棺の方を見ると、野上がじっと中をのぞきこんでいた。

「彼の造形《ぞうけい》は本当に美しい。特に輪郭がね…。完璧なカーブだ」

うっとりとささやくような声。

そして肩越しにふり返り、キッ…と鋭い目でにらみつけてくる。

「誰にも……、譲らないからな……」

それこそ、悪霊にでもとり憑かれたような目で。

そこには数時間前までの、エリート官僚の姿はどこにもなかった。

そう…、ある意味、確かにマニアなのかもしれない。この男も。ただ、その方向性は行ってはならないところへ向かっていた。

「おまえが……、恵を殺したのか？」

ゆっくりと男に近づきながら、瞬きもせずに男をにらみ、辰彦が尋ねた。いや、確認した。息を殺すようにして。

聞きたくはなかったが、聞かずにはいられなかった。

「殺してなどいない」

だがいかにも心外そうに男は答えた。

「彼は私の側で生き続ける。ずっときれいなまま。年をとることもなく…、永遠にな」

「させるか……！」

辰彦はとっさに大きく男に腕を伸ばした。これ以上、指一本、恵の身体に触れさせたくはなかった。

「蓮見っ！」

低い叫びが響き渡る。

初めて、天竜のせっぱつまった声を聞いた。

目の前でパッ、と敏捷《びんしょう》に身を翻した野上が、壁に立てかけてあった、黒く長いものを手にしていた。

辰彦がそれを認識すると同時に、ガーン！　と鼓膜《こまく》の破れるような音が襲いかかってくる。

野上が手にしていたのはライフルだった。無造作に引き金が引かれ、発射された弾が辰彦の頬をかすめて飛ぶ。耳鳴りがする。

ギャーッ！　とすさまじい叫び声が背後でこだました。吉井だ。

「先輩っ！」

しかしかまわず、辰彦は男に飛びかかった。男のライフルを握った手につかみかかり、銃口を反らしたまま、激しいもみ合いになる。

「くそ…っ！　離せ……！」

野上がすさまじい形相でののしった。

いつの間にか手から飛んでいたぬいぐるみが、二人の足下で蹴《け》り飛ばされる。

あっ、とそれに気づいた辰彦が反射的に手を伸ばした瞬間、野上の足がそれを踏みつけた。

「きさま…！」

思わずにらみ上げた辰彦の顎が、ライフルの台座で思いきり殴り飛ばされる。

「死ねっ！」

ぎらぎらと光る眼差し。そして目の前に黒い銃口が突きつけられた。

息が止まる。

瞬間——

『タツヒコ……っ！』

青い光が切るように二人の間に割って入った。

「なに……っ!?」

あせったような野上の声。

そして、銃声――。

青い靄《もや》のようなものが、パァッ…と目の前で花火のように広がった。

あっ、と息を呑んだ次の瞬間、脇腹にものすごい衝撃が走る。自分がどんな声を上げたのかも意識にないまま、辰彦は膝から床へ崩れ落ちた。

「く…っ…」

撃たれたのだとわかる。少し遅れてやって来た激痛が全身を突き抜けた。だが本当ならば、頭を吹き飛ばされていてもおかしくない状況だったのに。

倒れこんだ辰彦の目の前に、ぬいぐるみが転がっていた。

男の足の間に。動く気配のない…、ただの物体になって。

――恵……!

辰彦は必死に腕を伸ばして、渾身《こんしん》の力で男の足を引きつかんだ。ぬるり、と血で指がすべる。

うお…っ、と声を上げて野上が体勢を崩した。それでもにらみ殺しそうな顔つきで、ライフルを構え直し、銃口を下に向けて辰彦を狙ってくる。

頬に直接あたるほどの距離では、逃げようもない。

ダメだ——

と思った瞬間、目の前でそれが弾き飛ばされていた。

「な…っ」

天竜が細い鉄パイプを刃代わりに鋭く振り抜き、その勢いに押されるように野上が床へ転がった。

すかさず天竜が床へすべり落ちたライフルを遠くへ蹴り飛ばし、野上の喉元へパイプの先を突きつける。

「償《つぐな》ってもらうぞ…」

低く、かすれた声が言い渡す。必死に自分を抑えるようにして。

辰彦は床へ仰向《あおむ》けに倒れたまま、荒い息をついていた。痛みと熱に意識が朦朧《もうろう》とする。

それでも心の中で、よかった、とつぶやいていた。

きれいなまま、バラバラにされずに恵は見つかったのだ。

『辰彦…っ、辰彦……!』

頭の上の方から恵の声がする。

「恵……」

その声に胸の奥がじわりと温かくなった。

いつも以上にぼんやりとした恵の泣き顔が目に映る。自分の視界が悪いのか、恵の姿が薄くなっているのか、わからなかったが。

全身にまわった痛みが身体を焼くようだった。ドクドク…ともものすごい勢いで血が流れ出している感触がする。

それでもなぜか、あせるような思いはなかった。

このまま……死ぬのかもしれない――、とそんな考えが頭をよぎっても。

不思議と気持ちは安らかなままだった。

辰彦は床へ横たわったまま、そっと宙に手を伸ばした。

「泣くなよ…。このまま一緒に……おまえと…いけるかもしれないしな……」

思わず微笑んで、そんなかすれた言葉がこぼれ落ちる。

『だめっ、だめ……っ！　あなたは死んだらダメです…っ！』

必死に叫ぶ恵の声と表情がなんだか可愛くて。うれしくて。

思わず微笑んでしまう。

そう。恵がいると、いつでも笑っていられた。

「……く…っ…！」

それでも身体に走る激痛に、まだ自分は生きているのだと教えられる。

身体中から吹き出す熱で、頭の中が白く霞《かす》んでくる。

遠くサイレンの音が耳に届く。銃声に気づいた近所の人間が通報したのか、さすがに吉井がどこかで連絡を入れたのか。

「――先輩…！　先輩！　大丈夫ですかっ！　先輩！」

泣きそうな吉井の声もかすかに聞こえる。

『辰彦…っ！』

そして、恵の声が。

だが辰彦はそのまま意識を失っていた――。

◇　◇

「もー、先輩があのぬいぐるみをつかんで離さないもんだから。苦労しましたよー」

気がついた時、辰彦は病院にいた。

吉井にあきれたように言われたが、腹に食らった弾はうまくそれて、肺や他の内蔵も大きく傷つけていなかったのは本当に幸いだった。さすがに出血は相当だったようだが。

――らしい。

クマのぬいぐるみは血まみれになっていたはずだが、吉井がきれいに洗ってくれたようで、病院のベッドの枕元にちょこんとすわっていた。

だが辰彦が呼びかけても、もうしゃべることはないし、動くこともない。

緊急手術のあと、麻酔が切れて辰彦が意識をとりもどしたのは、あれから丸一日以上もたってからだった。

成仏する時はつきあってやる――、と約束していたのに。

見送ることもできなかった……。

そのことだけが心残りだ。

身体が見つかって、安らかに逝けたのだろうか。

「もう、ほんっとうにすごかったんですからー！」

そんな感慨にかまわず、三日ほどしてようやく面会できるようになった辰彦の頭の上で吉井にあのあとのことを興奮したように語られたが、辰彦にはそれほどの感情は湧いてこなかった。

だが辰彦が暢気に寝ていた間にも、世の中はものすごい騒ぎになっていたようだ。警察にとってはとんでもない醜聞だ。

いずれにしても勝手に動いたことには違いなく、辰彦も相当の責任問題にはなるはずだが、病院のベッドの上ではさすがに呼び出して叱りつけることもできなかったらしい。

ぎゃあぎゃあ騒いでいるだけだったような気がしたが、それでも吉井もやることはやっていたらしい。

辰彦の代わりに報告書をまとめ、……多分、報告がなかったことに叱責も受けたのだろう。

報告書については、当然幽霊のことなど書けないわけで、吉井も教えてもらっていることだけでつじつまを合わせるのはさぞかし苦労したことだろうと思う。

というか、他にどうしようもなく、口頭の報告ではたまたまあの現場を発見して、銃を向けてきた野上をその場で逮捕した、ということにしたようだったが、警察としては上層部の協議の結果、野上を内偵していた結果、逮捕にこぎ着けた——ということにしたらしい。

社会的に注目されていた殺人鬼を逮捕したことは大手柄と言えるのだろうが、しかしこれだけの事件を起こした犯人が身内の、しかもキャリアだ。上層部としては痛し痒《かゆ》しというところだろう。住宅街で銃の乱射があり、重傷者が出た以上、事件そのものをもみ消すことは不可能で、だったら「たまたま逮捕できた」というよりも、「ずっと疑いは持っていて、地道な捜査の結果、隠蔽《いんぺい》することなく逮捕に至った」と発表した方がまだしもメンツが立つ。

現役の警察キャリアを連続殺人事件の犯人として逮捕——。

しばらくはテレビでも新聞でもその事件一色だったようだが、辰彦は入院してからいっさい、ニュースは見ていなかった。騒ぎに関わる気力もない。

裁判の展開の予想とか、弁護団は犯人の精神鑑定を要求したとか、続報はまだまだメディアをにぎわしていたが。

だが辰彦にとっては、遠い世界のことのようにも思える。

恵はもう、帰ってこないのだから。

皮肉な話だった。

出会った時、恵はもうこの世の人間ではなかった。

恵を殺したあの男は憎いと思う。だが殺されることがなければ、恵は辰彦のところに来ることもなかったのだ。

幽霊でも会えてよかった――、というのは本心だった。

初めからわかっていたことで……、しかし恵の死を認めるのが、受け入れるのがこれほどつらいとは思ってもいなかった。まったく今さらに。

ふわふわと浮きながらあとをついてくる恵の気配を、いつまでも探してしまう。じっとクマを見つめて、動き出すのを待ってしまう。

バカだな…、と辰彦は自嘲した。

突然ふわりと現れた、押しかけ幽霊だったのに。

いつの間に…、これほど大きな存在になっていたのだろう。

触れることもできない相手が。

幽霊のままでも、成仏できなくても、ずっといてほしかった――、と思うのは身勝手なのだろうが。

それでも、なくしたくなかった。

あの時は……本当に、恵と一緒に逝ってもいいと思った。

せめて好きだと、ちゃんと言ってやりたかった――。

一週間ほどして、天竜が見舞いに来た。

たった一週間なのに、不思議と懐かしい気がする。相性は最悪な男なのに。

「葬式は…、もうすんだのか？」

恵の名前は、どうやらメディアには伏せられていたようだった。バラバラにされていたらそうもいかなかっただろう。きれいなまま遺体がもどってよかったと思う。

「退院したら線香の一本も上げにくるんだな」

辰彦の問いに、天竜は素っ気なくそんなふうに答えて帰った。

結局、二週間ほどで辰彦は退院し、あとは自宅療養ということになった。

対外的には名誉の負傷で大手柄だったわけだが、上層部には渋い顔で煙たがられ、係長や課長には報告がなかったことにたっぷりと嫌みを言われる。

それでも、まあせっかくだからこの際有給を消化しろ、と肩をたたかれて、仕事復帰する前に区切りをつける意味でも、辰彦はようやく重い足で恵の家を訪れた。

せっかく恵が助けてくれた命だ。しっかりしなきゃあな…、と思う。

「やっと来たか」

と、相変わらず無愛想に天竜に顎をしゃくられ、奥へと通される。

恵の、離れに。

渡り廊下を歩きながら、ふいに立ち止まった天竜がふり返って、辰彦をじっと見つめてきた。

「わかってるな？」

そう言われて、しかし何のことかさっぱりわからない。

「まだ本調子じゃないんだ。無茶《むちゃ》はするな」

「え？」

辰彦は怪訝に首をかしげる。

そんなふうに天竜が自分に優しい言葉をかけてくれるとは思ってもおらず、ちょっと驚いてしまう。

しかし死地を一緒に乗り越えると、多少なりとも親愛の情が湧いたのだろうか。

しかしにこりともしないままにそれだけ言うと、天竜は淡々とドアを開いた。

妙に厳粛な思いで、一歩中へ足を踏み入れた辰彦の目の前に——

恵が、いた。

浴衣のような軽い着物姿で、リビングのソファに腰を下ろしていた恵がドアの音にハッと顔を上げ、弾けるように立ち上がった。

読んでいたらしい本が膝からすべり落ちる。

「あ……」

そして辰彦と目が合った瞬間、とまどったように一瞬、顔を伏せた。

辰彦はしばらく、その場で立ちつくしてしまった。

頭の中が真っ白になって……そして、悪い冗談だ、と気づく。

白方、だろうか。悪趣味だ。

「おい…」

思わず低い声でうなった辰彦に、ごめんなさいっ、といきなり「恵」があやまった。

「ごめんなさい……」

しょんぼりと肩を落として、何度もあやまられ、辰彦は言葉をなくす。

「なんなんだ…、いったい……?」

大きな息を吐いて、辰彦はソファへ近づく。

反射的に、「恵」がびくっと身を震わせる。それでも不安そうな眼差しで尋ねてきた。

「怪我《けが》は…？　いいのですか？」

「ああ…、もう大丈夫だが」

そう答えながらも、辰彦は妙な違和感を覚える。

身長が——低かった。白方にしては。それに身体の線も、体つきも、白方よりひとまわり小さいように感じる。

なにより身にまとう空気が違っていた。白方のしっかりとシャープな雰囲気ではなく、むしろ幽霊の恵と言った方がいいくらいの――。

ドクッ…、と心臓が大きく波打った。

まさか、と思う。

「おまえ……」

じっと、瞬きもせずに目の前の男を見つめる。

「恵……なのか？」

絞《しぼ》り出すように、辰彦は尋ねていた。

「生きて……いたのか……？」

「はい」

と、恵が申し訳なさそうに答える。

瞬間、辰彦は大きく息を吸いこんだ。

じわじわと、身体の奥から痺《しび》れるような熱が湧き上がってくる。

――あのやろう……！

ハッとドアの方をふり返ったが天竜の姿はすでになく、辰彦は、頭の中で男に拳《こぶし》をたたきつけた。

病院に来た時点で、わかっていたはずだった。あの男には。

辰彦が勘違いしていることは。

何が、線香の一本も上げにこい、だ！

「くそ…っ」

「ごめんなさいっ」

思わず低くののしった辰彦に、身をすくめるようにしてまた恵があやまる。

「あやまるな」

憮然と辰彦は言った。

「おまえがあやまることは何もないだろう」

別に恵に怒っているわけでもない。

いくぶん混乱したまま吐き出した辰彦に、しかし恵はぶんぶんと首をふる。

「たくさん…、あやまらないといけないことがあるんです……」

小さな声で上目づかいに辰彦を見ながら恵が言った。

辰彦を巻きこんでしまったことだろうか。結果的に大怪我をしたわけだが、もしそうだとしても、どうでもよかった。

「生きていたのか……」

もう一度無意識に言葉がこぼれ、辰彦はそっと腕を伸ばした。指先が肩に触れそうになった瞬間、思わず手が止まる。

初めて、生身の身体に触れるのだ。

「恵……」

かすれた声でつぶやいて、ゆっくりと手のひらで包みこむようにやわらかな頬を撫でる。

ぬいぐるみよりはもっとしっとりとした感触で……そして、温かかった。

じわり、と指先から熱が沁みこんでくる。

「体温を下げて…、眠らされてたようです。冬眠みたいに。でも私が本体からずっと離れていたから、あれ以上、あの状態が続いていたら本当は危なかった……みたいです」

手の中で、恵が苦笑した。

「よかったよ…」

だが辰彦は、それだけを思う。

本当によかった。バラバラにされる前に見つけることができて。バラバラになっていたら、いくら恵でもさすがに生き返ることは不可能だろう。

指先が唇をたどり、そっと恵の目をのぞきこむようにして顔を近づける。

「やっと…、おまえに触れられたな……」

ようやく、この手で。

そう言うと、辰彦は小さく笑った。

「幽霊やぬいぐるみと恋愛するのは、いろいろと大変だからな」

「え？」

その言葉に、恵は小さく首をかしげる。

幽霊の時に言えなかった言葉を、辰彦はそっと耳元でささやいた。

「恵…、おまえが好きだよ」

ハッと、恵が身を強張らせた。大きく目を見開いて、呆然と辰彦を見つめてくる。

「辰彦…？」

じっと見つめ返す辰彦に、恵があせったように視線を漂わせる。

その細い顎を引きよせ、辰彦はなかば強引に唇をふさいだ。華奢《きゃしゃ》な身体がバランスを崩し、腕の中に倒れこんでくる。

しかし逃げることはなく、そのまま指先がぎゅっと辰彦の胸をつかむ。

「ん…っ」

初めてのキスは、少しぎこちなかった。それでも強く抱きしめた小さな身体は、次第に腕の中でやわらかく解《ほど》けていく。

舌先で薄い唇をたどり、隙間から中へすべりこませて。辰彦は夢中で、つたなく応えてくる甘い舌を味わった。

「いい……んですか……？」

ようやくあえぐように息を継いで、恵がかすれた声で尋ねてきた。

「何が？」

指先で前髪をかき上げてやりながら、辰彦が尋ねる。

「その…、女性ではないですし……」

「幽霊とつきあうよりは健全だと思うがな」

「いろいろと…、つまらない能力もあるし……」

そういえば、恵と恋愛するのは大変そうだ、と自分が言ったことを思い出す。

「俺の今の心の中が見えるか？」

小さく笑って辰彦は尋ねた。

それに恵がとまどった顔で瞬きする。

「下心でいっぱいなんだが？」

きっとまるまる見えたら裸足で逃げ出すくらい、いろんな妄想が渦巻いている。箱入り幽霊とは違って、社会経験豊富ないい大人の男なのだ。

「あ……」

それでもその内容が想像できるのか、恵が赤くなって目をそらした。

「ぬいぐるみにはできないことを、いっぱいしたいな」

いやらしく言いながら、手のひらをそっと着物の裾《すそ》にすべりこませた。

あっ、とあせったような声を上げて身をよじった恵の身体を抱きこみ、片方の手で器用に帯を解いてしまう。

「たっ…辰彦……っ」

はだけかけた前を急いでかき合わせようとする恵の身体を壁際へ追いこみ、優しく手首を捕らえて、もう一度キスをしかける。

「ん…っ、……ぁ……」

今度はもっと深く。たっぷりと舌をからめて吸い上げてやる。濃厚な大人のキスだ。きっと恵は経験もないような。

そしてもう片方の手が再び着物の間に入りこみ、脇腹をそっと撫で上げる。小さな声を上げて逃げるように恵が身体をよじるが、辰彦は体重をかけてそれを封じた。

そのまま何度もキスをくり返す。

唇を離した時には、恵の息遣いが熱く、しっとりと濡《ぬ》れ始めていた。

困ったように、自分でもどうしたらいいのかわからないように恵が視線を漂わせるのに、辰彦は手のひらで恵の頬を撫でてやる。

相手が着物だと、本当にイケナイコトをしているような気分になるのはなぜだろう？

しかも恵は、辰彦よりもひとまわり以上も年下になる。そうでなくとも普通に人とのつきあいをしてこなかった恵は、情緒面で幼かった。

恐がらせないように、優しくしてやらないとな…、と思う。

そして、あ…、とようやく気づいた。さっき天竜が言っていたのは、自分を気遣ってくれたわけではなく、恵を気遣っていたのだろう。

だがどこまでセーブできるのか、自分でも自信がなかった。これほど誰かを欲しいと思ったのは、初めてだったから。

「恵…、大丈夫だから。目をつぶってろ」

壁に背中を預けるようにして立たせると、辰彦はそううながした。

恵が言われた通りに目を閉じると、辰彦はそっと着物の袷《あわせ》を広げる。

空気が直に肌にあたる感触があるのだろうか。あ…、と、小さく声を上げ、わずかに身震いする。

辰彦は、恵の細い顎から首筋へと、そっとキスを落としていった。くっきりと浮き出た鎖骨《さこつ》へ舌を這わせ、薄い胸をついばんでいく。

そして小さな胸の芽を舌先で弾くようにして刺激すると、唾液《だえき》に濡れた芯《しん》を指で摘み上げた。

「——ひ…っ、あぁぁ…っ！」

刺激が強すぎたのか、ビクン、と身体を跳ね上げ、恵が上体をのけぞらせる。

かしぐ身体を支えようと、恵の腕が無意識に伸びてくる。長い指がしっかりと辰彦の腕をつかむ。

その強さが心地よかった。幽霊にもぬいぐるみにもない感触で。

辰彦はそのまま唇を下肢へとすべらせ、脇腹を撫で上げて、邪魔な下着を引き下ろす。

「なっ…」

恵が一瞬、目を見開き、うろたえたような表情を見せたが、かまわず辰彦はその中心を指で持ち上げた。そのまま手の中に収めて、優しく、時に強くこすり上げてやる。

あまり経験もなさそうな恵のモノが辰彦の手の中であっという間に大きく育てられ、硬くしなり、ビクビクと震える先端から蜜《みつ》をこぼす。

「やっ…、あぁ……っ」

短い声を上げながら、恵がこらえきれないように腰を揺らした。自分でもどうなっているのかわからないのだろう。

それでも唇を噛んで、必死に声を殺そうとするのがひどく可愛い。

辰彦は落ちてきた前髪をかき上げてそっと唇にキスを落とすと、恵の前にひざまずく。そしてすでに形を変えている恵の中心を、ためらいなく口に含んだ。

あっ…、と息を呑んで、驚いたように恵が大きく目を見開く。

「あぁぁ……っ！」

しかし次の瞬間、大きく身体をのけぞらせた。

かまわず辰彦は恵のやわらかい内腿《もも》から足の付け根を手で丹念に撫で上げながら、舌と口を使って丹念に恵のモノをしゃぶり上げる。

「たつ……ひこ……っ」

恵がガクガクと腰を動かしながら、すすり泣くような声をこぼす。目をそらすようにしてまぶたをきつく閉じ、指先が無意識に辰彦の髪をつかむ。

何度も角度を変え、強弱を加えて、辰彦はゆっくりと恵を追い上げていった。

「……っ、……もう……！」

恵が限界を口にし、身体を突っ張らせる。

「あ…、あぁぁ……っ」

指で張りつめたモノをしごきながら先端を甘嚙みしてやると、こらえきれずに恵は一気に弾けさせた。

残滓《ざんし》まで吸い上げてから、辰彦はようやく口を離す。

「おっと…」

力が抜けたのか、ずるりと壁に沿って崩れ落ちそうになった身体を辰彦が支えた。そして乱れた着物のまま抱き上げて、まだ入ったことのなかった奥の寝室へと運んでいく。

きれいに整えられたベッドへ身体を横たえ、大きく上下にあえぐ胸を眺めながら、辰彦はゆっくりと自分の服を脱ぎ捨てた。

恵は恥ずかしそうに着物の前を握りしめたまま、もそもそとシーツの上で丸まっている。

それがまるでぬいぐるみのようで、辰彦はちょっと笑ってしまった。

細い、わずかに茶色がかった髪をそっと指に絡め、初めてその長さを確かめる。薄ぼんやりとしていた状態でははっきりとわからなかったが、襟足くらいまではあるようだ。

辰彦は背中から抱えこむようにして、細い肩を抱きしめた。

ようやく抱きしめることのできた身体は、ぬいぐるみほどではないがやはり華奢で。同じように温かくて。

「全部…、俺のモノにしてもいいのか？」

肩に顎をのせ、手のひらで腕を撫で下ろしながら、辰彦が耳元でささやく。ぐっと引きよせる腕の力を強くする。

「私で……、本当にいいんですか……？」

かすれた声が不安そうに尋ねてくる。

「俺の心の中をのぞいてみたらいい」

辰彦は小さく笑って言った。

そしてそっと恵の身体を自分の方に向けた。

涙に濡れた目をじっと見つめて、辰彦は静かに微笑んだ。

「いつでも、おまえの不安な時に見ていいから。だが俺も人間だからな…、それでおまえを傷つけることもあるのかもしれない」

自分の醜さを知られることよりも、自分が無意識に考えてしまうことで、不用意に恵を傷つけることが恐いと思う。

それでも、恵のすべてを受け入れるためには必要なことだった。

辰彦は恵の指をとって、その先をなめるようにキスを落とす。

「でも俺がおまえを嫌いになることはないから。どんなに怒っている時でも…、俺の心の隅々まで全部探してみるといい」

必ず、見つけられるはずだった。

誰よりも、恵が一番大切だと。

一番、可愛くて、誰よりも一番、愛している――。

恵の目から、涙がぽろぽろと溢れ出す。

恵の方から手を伸ばしてきて、ぎゅっとしがみついてくる。

肌を触れ合わせ、足を絡めて。

何度もキスをくり返す。

「んん…っ」

甘い、やわらかい舌がおずおずと辰彦の舌に応えてきた。

それをたっぷりと味わってから、辰彦はむさぼるように恵の身体に唇を這わせた。

おたがいに病み上がりで、少しはセーブしなければ、と理性でわかっていても抑えきれない。

しなやかな足がもがくようにシーツの上で跳ねる。まるで、魚のしっぽから形を変えた人魚姫の足のようだった。

人の世界を歩くのに、不慣れな足。

目の前に、地下室での光景がよみがえる。

泡になって、自分が消えてしまうのもかまわず、辰彦の前に飛び出したのだ。

見えたのだろう、あの瞬間は。

あの男にも、恵の姿が。

それほどの力を一度に放出して、この身体にもどってこられたのは奇跡だったのかもしれない。

あの時の、恵の裸体を思い出す。

あの男に服を脱がされ、いいように撫でまわされたのだろう。そう思うと、カッ…、と身体の奥が熱くなった。

その熱をぶつけるように、唇で、手のひらで、隅々《すみずみ》までたどっていく。執拗《しつよう》に愛撫《あいぶ》する。辰彦の腕の中で恵の身体は翻弄《ほんろう》されるままにくねり、激しく動いた。

「……っ…ん…っ、――ああ……っ」

指先で硬く尖った乳首をなぶり、甘く噛み上げてやると、恵の身体が大きくはぜる。

「どこが気持ちいい？」

「わ…からな……っ」

髪を撫でながらそっと耳元で尋ねると、泣きそうになりながら恵がうめいた。

人にも快感にも慣れていない身体に、辰彦は一つ一つ、教えこんでいく。

自分の存在と、身体の悦楽を。

手の中で再び前をしごいてやると、恵の中心はあっという間に硬くしなって、先端から蜜を溢れさせる。それを指に絡め、さらにきつくこすり上げると、かすかに濡れた音が耳につく。

「……っ、あぁ…っ、あ……」

恵が辰彦の肩にしがみついて、夢中で身体をこすりつけてきた。

そのやわらかな内腿に、すでに硬く張りつめている自分の中心が当たっているのがわかる。どうやらこちらも切迫しているようだ。

辰彦はするりと身を起こして恵の足を抱え上げ、そっと後ろへと指をすべらせた。

「な…、や…っ…」

しかしさすがにそこに触れた瞬間、ハッと恵が身をすくめる。

なだめるように恵の足を撫でながら内腿にそっとキスを落とすと、びくん、と恵の腰が揺れる。

反り返した恵の中心を手の中でなぶりながら、その根本の双球を口に含む。たっぷりとなめ上げ、指で強弱をつけてもんでやると、こらえきれないように恵が腰を跳ね上げた。

「あぁ…っ、あぁ……っ」

そのまま細い溝をたどるようにして舌を這わせ、たっぷりと唾液で濡らしたあとを指でこすり上げてやる。感じる場所だ。恵がすすり泣きのような声をもらしながら、しかし天を指した先端からは快感の証《あかし》がポタポタと滴り落ちている。

自分でも無意識なのだろう、恵が手を伸ばしてたどたどしくその中心をこすり始めていた。

その光景に辰彦は低く笑う。

そのまま腰を抱え上げ、辰彦はさらに奥へと舌で濡らしていった。

硬く窄《すぼ》まった場所へ行き着くと、さすがに気づいた恵がハッと身を強ばらせる。

「そ、そんなとこ……っ」

あわてて腰を引こうとしたが辰彦は許さず、力ずくで引きもどして、頑《かたく》なな襞《ひだ》を舌先でなめ上げていく。

やわらかく舌がひらめき、丹念に唾液を送りこむと、きつく閉じていた襞が次第にほころび始めた。

濡れた舌先をさらにねじこむようにして奥を濡らし、指先で感触を確かめる。

舌の愛撫に溶けきった襞が、辰彦の指にいやらしく絡みついてくる。

「あ……」

その感触がわかるのか、恵が顔を真っ赤にした。とっさに両手で顔を覆ってしまう。

「恵のココ…、もらっていいか？」

優しく、しかしちょっと意地悪く尋ねると、恵は顔を隠したまま、それでもコクコク…と小さくうなずく。

「力を抜いて」

優しくうながすと、恵はなんとかその言葉に従おうとする。それでも無意識にこもってしまう力を散らせながら、辰彦はゆっくりと指を埋めていった。

根本まで入ってしまうと、大きくまわし、少しずつ抜き差しして中を慣らしていく。

鼻に抜けるあえぎとともに締めつけてくる強さに、我を忘れそうだった。

「や…っ、やぁ…っ、そこっ、そこ――……！」

そして恵の一番弱い場所を暴き出し、立て続けに突き上げやると、こらえきれないように大きく身体がよじれる。腕の中で熱く溶け、止めどなく蜜を滴らせる。

「恵……」

たまらず唇を奪い、舌を味わって、そして――。

後ろを乱していた指を引き抜くと、辰彦はすでに硬くしなっていた自分のモノを性急にそこへ押しあてた。

「愛してる」

こめかみのあたりから汗に濡れた髪をかき上げ、そっとささやく。

それと同時に、ぐっ…、と深く突き入れた。

「あぁ……！」

恵の身体が大きく反り返した。

痛みもあるはずだが、それでも離れないように辰彦の背中に爪《つめ》を立てる。

時間をかけて大きさに馴染ませ、それで与えられる快感を教えていく。ゆっくりと抜き差しし、中をこすり上げてやる。

「ダメ…っ、ダメ……っ、――あぁぁぁ……っ、身体……おかしく……っ…、あぁぁっ！」

辰彦の腕の中で恵が大きくのけぞり、何度も弾けさせた。その都度、熱くうねるように中で絡みついてくる。

きつく締めつけられ、辰彦も長くは保たなかった。低くうめいて、たたきつけるように放ってしまう。……経験値から言っても、初心者相手に情けない、とは思うが。

深い息を吐いて辰彦がそっと後ろから抜き出すと、恵の身体がぐったりとシーツに沈んだ。顔は涙でぐしゃぐしゃで、それでも両手を伸ばして辰彦の腕を求めてくる。無意識のように力の抜けた足を絡める。

辰彦は熱くうるんだ身体を腕の中にすっぽりと抱きこんだ。

くったりと、無防備に恵は体重を預けてくる。本当にこうやって抱きしめられるのが好きなようで、何度も頬をすりよせてくる。

そんな仕草が可愛かった。

と、それに気づいたように、恵の手のひらが腹の傷痕《きずあと》をそっと撫でる。

「……大丈夫、ですか……?」

心配そうに顔を上げて尋ねられ、辰彦はにやりと意味深に答えた。

「おまえがあんまり腹の上で暴れなかったらな」

意味がわかっているのかどうなのか、恵がおたおたと視線を漂わせる。

それに小さく笑いながら、何の気なしにベッドから部屋の中を見まわして、辰彦はふと、本棚の上にあるそれに気づいた。

「あのぬいぐるみ……」

辰彦のところにあるクマとよく似たぬいぐるみだった。

……いや。

ハッと目をこらすと、それは首輪のところに見覚えのあるキーホルダーをつけている。

遊園地でクマに――恵に買ってやったものだ。辰彦のところにあるクマについていたはずだ。

あ、と恵も辰彦の考えていることに気づいたらしく、ちょっと首を縮めた。

「すみません。病院でこっそりとり替えてもらったんです。あれが……欲しかったから」

「だが、よく同じクマがあったな」

大きさといい、色といい。製造年も古いはずだが、今も同じものが売っているんだろうか？

それに恵がふわりと微笑んだ。

「あのクマは十二年前、遊園地であなたに買ってもらったものですから」

「……え？」

辰彦は驚いて、腕の中の恵を見つめた。

「あの日は無理を言って初めて遊園地に連れて行ってもらったんです。だけど迷子になって、やっぱり気分まで悪くなって……。そしたら、あなたが見つけてくれて」

そうだ。思い出した。

頭の中の霧が晴れていくようだった。

行きたがっていた遊園地へ、弟を連れて行ってやった時だ。だがやはり弟には身体への負担も大きくて、途中で何度も休んでいた。

そんな時、迷子の子供を見つけたのだ。

——十歳の恵を。

同じように具合が悪そうで、真っ青な顔をしていた。

「あなたがひょいって抱き上げてくれて…、そうしたら不思議なほど安心して、気分がよくなって。あなたの波動が包みこんでくれるようで、すごく気持ちがよくて」

そうだ。そして、恵の保護者を呼び出してもらっている間に……。

「尚弥くんとおそろいで、クマを買ってもらったんです」

「あの時の……」

名前を覚えてはいなかった。顔立ちも、そういえば確かに可愛い子だな…、と思った記憶はある。

「すごくうれしくて…、家に帰ってからもずっと大事にしてたんですけど、やっぱりもう一度会いたくて……会いに行ったんです」

「会いに？」

はい、と少しいたずらっぽく恵が笑う。

「幽体離脱ができると…、政紀が言っていたでしょう？　クマを目印に、時々尚弥くんのところに行ったんですよ。尚弥くん、クマがしゃべり出しても驚かなくて、喜んでくれました」

友達もなく、病院でいつも一人で。

クマが一番の友達だ、と言っていた。

あれは——。

「おまえが……？」

「ぬいぐるみがあなたの手元に引きとられてからも時々、こっそりとあなたの様子を見に行ってたんです」

え？　とさすがに辰彦はあせる。

「おまえ…、それはストーカーだろっ」

「ごめんなさいっ、ごめんなさいっ」

恵があわててあやまった。

「でもあなたが結婚してからは行ってません。本当です」

必死に恵は訴えた。

ハァ…、と辰彦はため息をついた。

まあ、それは本当なのだろう。そう思いたい。夫婦生活を見られていたとしたら、さすがに複雑な気分だ。

「襲われた時、意識がなくなってから、気がついたらあなたの部屋にいたのは本当です。あのままだったらいずれ私は死んでいたし…、最後に行きたかったのはあなたのところでしたから。多分…、あのクマと道筋ができていたのかもしれませんね」

そう言って、恵はちょっと恥ずかしそうに、申し訳なさそうに顔を伏せる。

なるほど、辰彦のところに化けて出たのはやはりちゃんと理由があったのだ。

「自分の死体は…、本当はどうでもよかったんです。本当に殺されたと思ってたし、ただ少しでもあなたといたくて」

ちゃんと望んで、恵は自分のところに来てくれた。

そう思うと、やはりうれしい。

ぬいぐるみの恵がいつでも抱いてもらいたがっていたのは、そういうことなのだろう。

自分の何がいいのかはわからない。霊感もないし、特別な能力など何もない。

でもそれで恵が安らげるのなら…、いつでも抱いていてやりたいと思う。

ずっと側で。

「俺だって死体じゃない方がいいさ。それに……、添い寝してもらわないと、淋しいんだろう？」

ぬいぐるみじゃなくても、きっと。

くすくすと笑いながら、ちょっと意地悪く辰彦が言う。指を伸ばし、顔が見えるように前髪をかき上げてやる。

目元を赤くして、それでも、はい…、と恵は小さく答えた。

おずおずと手を伸ばして、辰彦の胸にしがみついてくる。

その身体を抱き返しながら、今度来る時は、あのクマを持ってこよう、と思う。
二匹を並べて。
これからもずっと離れないように——。

end.

# クマときどき相棒。

目が覚めたのは、夜が明けたばかりの早朝だった。ぼんやりと、室内が薄明かりに包まれているのがわかる。

目に入ってきた天井や壁、そして寝ているベッドや布団も馴染《なじ》みのない、そして自分のふだんの生活には不似合いな高級感溢《あふ》れる落ち着いた佇《たたず》まいだったが、あれ…？　と思ったのもつかの間、すぐに恵《けい》の部屋だと思い出した。

すぐ横に、腕にしがみつくようにして目を閉じている恵の寝顔がある。

一瞬、ドキッとした。

目が覚めて誰かと一緒に寝ていたことなど、妻と別れて以来――いや、別れる一年前くらいから記憶にない。

疲れた身体を引きずるように家に帰って、たまった性欲のままに抱いたことは何度かあったが、目覚めた時に彼女が側にいることはなかった。欲求を吐き出したあとは疲れ果てて寝てしまうのがいつものことで、自分勝手な男の寝顔など見ていたくなかったんだろうな…、と別れたあとになってようやく気がついたくらいだ。

申し訳なかった、と今にして思う。家庭は常に仕事の次で。彼女が淋しがっていたのも気づかなかった。自分の仕事を理解してくれているものと、勝手に考えていたのだ。離婚届を見せられたその時まで。

穏やかでおとなしい女性で、彼女とならば疲れて家に帰っても安らげるんだろうな…、という気持ちで結婚した。……だが、それも自分の都合だけを優先したものだったのだろう。

壊したのは自分だった。

多分、もう二度と結婚はしないだろうな、と思っていた。それ以前に、この年になってまた恋をするようなことがあるとは、思ってもいなかった。

しかもいきなり目の前に現れた幽霊――生き霊に、だ。

優しい体温は肌に触れていたが、それでも無意識に唇に頰をよせて、寝息があるのを確かめてしまう。青白く透けていた幽霊と違って、……あたりまえだが、ほんのりと赤く色づいた頰《ほお》にはちゃんと血が通っている。

ホッと息を吐くと、優しくその頰を指先で撫《な》で、前髪をかき上げるようにしながら穏やかな寝顔をあらためて見つめて……思わずため息をこぼした。

――やっぱり若いよなー…、と。

ひとまわり、おそらくはそれ以上も年下で、世間慣れしていない分、若いというより幼さも感じさせる。寝顔だと特にそうだ。微妙に後ろめたいというか、犯罪チックな、悪いことをしている気分だった。

いやもちろん、おたがい成人だし、双方の合意があってのコトだったわけだが。

だが考えてみれば、違うのは年だけでなかった。

仕事や生活環境、おそらくは収入、社会的なステイタス――何もかもが違う。

恵の特別な能力を別にしても、だ。

自分とは縁のない世界に住んでいる人間――。

それでも恵が自分を必要としてくれているのであれば、側《そば》にいてやりたいと思う。今度こそ、ちゃんと。……まあ、いろいろととまどうことは多そうだったが。

気怠《けだる》く手を伸ばして枕元においていた腕時計を見ると、まだ朝の六時前だった。かなり早い。

この十数年ばかりずっと不規則な生活が続いていたわけだが、ここしばらくは病院の規則正しい生活に身体も順応していたらしい。

そうでなくとも、ゆうべは眠りについたのも早かった。

さすがに初心者――多分、間違いなく――相手に、辰彦《たつひこ》も一晩中無体なマネをするつもりはなく、そうでなくともおたがいに病《や》み上がりなのだ。恵もいっぱいいっぱいだったし、なんとか暴走しないように、辰彦は自分を抑えるのに必死だった。

しかしこんな寝顔を見ていると、忍耐がいつまでもつのか…、という気がしてくる。

あわてて視線を引きはがして、ふっとそれに気づいた。

いつになく、シン…、と沈黙が耳につもってくる。自分のマンションだったら、窓の外からひっきりなしの車の音や、ご近所のドアの開け閉めといった生活音が届くはずだが、そんな世俗とは隔絶した、どこか別世界にいるかのようだった。道路からもかなり遠いのだろう。

竜宮城《りゅうぐうじょう》に来た浦島太郎の気分だな……。

ふっとそんなことを考え、小さく吐息で笑う。

辰彦は恵の目を覚まさないように、そっと身体を離して身を起こした。上半身は裸だったが、心地よく空調の効いた室内で寒さは感じない。

とりあえずベッドの下に脱ぎ散らかしていたシャツを着こむと、小さく伸びをしながら窓際に近づく。大きな窓一面を覆《おお》っているロールスクリーンの端を持ち上げると、竹林に朝の光が降り注ぎ、どこか神々しい光景だ。

やっぱり世界が違う気がしてくる。

もう一度ベッドにもどって、恵がぐっすりと眠っているのを確かめると、辰彦はそっと部屋を出てみた。

四六時中バタバタとあわただしく動いている刑事という仕事だったが、怪我《けが》の養生を兼ねた有給はあと二日ほど残っている。あわてる必要はなかった。

恵の部屋は、この大きな屋敷でも離れという感じの奥まった場所で、庭を横切った渡り廊下が母屋の方へと続いている。

辰彦はゆっくりとそちらへ歩いて行った。

人の家を勝手に、という気はしたが、いい大人でも思わず探検したくなる広さだ。日本家屋の大きな屋敷は、まるで旅館にでも泊まっているような錯覚を覚えてしまう。

この広さにもかかわらず——なのか、広さゆえなのか、人の気配は感じられず、ただ鳥のさえずりだけが耳に入る。何に使われているのかわからないだだっ広い畳の間がいくつかあり、廊下もいくつかに分かれている。

玄関の方へ行く方向は、なんとなくわかっていた。玄関付近にはちょっとした客を迎える応接室があり、辰彦も一度、入ったことがある。おそらく、恵が「客」の相手をする場所も、そのあたりなのだろう。

辰彦は行ったことのない方向へと足を進めた。

そういえば離れの奥の方もまだ見ていなかったが、そちらには専用の風呂や洗面所なんかもあるんだろうな…、と推測する。そうでなければ、真冬などは母屋まで入りに来ていたら風邪を引きそうな距離だ。

と、その廊下を突きあたったところに重厚な杉戸が待ち構えていた。リビングやダイニングといった雰囲気ではなく、個人の部屋という感じでもない。

辰彦は力をこめて、その無骨な引き戸をわずかに開いてみる。

目の前に現れたのはだだっ広い板の間で、ちょうど道場のようなスペースだった。……というか、まさしく道場だ。奥の正面には神棚もある。

人の気配はなく、誰もいないのか……、と思ったら、中央に袴姿《はかますがた》の男が一人、微動だにせず正座しているのに気づいて思わず息を呑《の》んだ。

天竜《てんりゅう》だ。天竜政紀《まさのり》。恵の従兄弟《いとこ》で、ふだんは嬉野《うれしの》の当主――つまり恵の警護の役目もしていると聞いている。

この家に同居していて、辰彦にとっては、要するに小舅《こじゅうと》というわけだ。

まっすぐに背筋の伸びたその姿からは、余人を寄せつけない、凝縮したような迫力が漂っている。

そして次の瞬間、流れるような動きから一瞬にしてすらり…、と腰につけていた刀が抜き出され、白刃が空を薙《な》いだ。真剣だ。

ハァ…！　と響き渡る気合いに、知らずビクッと身体が震える。

一呼吸での舞うような腕の振り。足の運び。美しいだけでなく、鋭さ、速さもある。ブン…、と風を切る音が聞こえてくるほどだ。

身が締まるような迫力に、見ている方も思わず息が止まる。

型だろうか。一連の動きからピタリ…、と元の場所に男の大柄な身体が収まり、ようやく呼吸することを思い出したように、辰彦は長い息を吐いた。

居合いをやっていると言っていたので、その朝稽古《げいこ》だろう。

のぞき見するようなことではなく、邪魔をするのも申し訳ない。というか、あまり近寄りたくない。

「蓮見《はすみ》さん」

しかしあわてて退散しようとした辰彦の耳に、ぴしゃりと打つような声が弾けた。

どうやら気がついていたようだ。

仕方なく戸をわずかに大きく開き直し、ゆっくりと近づいてくる天竜に、どうも…、と軽く頭を下げた。

「早いですね」

何気ない挨拶なのだろうが、やはり表情は崩さず、敵意――というほどではなくても、友好的な空気ではない。

「入院中も朝は早かったんでね」

そんなふうに答えた辰彦に、なるほど、と軽くうなずく。

「恵は？」

腰につけていた刀を左手で鞘《さや》ごと抜きとって持ち直しながら、天竜がさらりと尋ねてくる。なんでもない口調だったが、やはり声の奥にトゲ、というより、刃物が潜んでいる気配がある。

天竜はもちろん、自分たちの関係は知っているのだろうし、それも恵が望んだことだと理解はしているはずだ。なにしろ生き霊になって現れるくらい、辰彦に思いがあったわけで。

とはいえ、物騒な刃物を持った男の神経を逆撫でしたくはない。うかつなことは答えられない。かといって「知らない」というのもさらに無責任に思われそうだ。

「あー…、寝てるよ」

とりあえず、そんなふうに軽く答えてみる。が、それも結局はゆうべのことを赤裸々に言っているような気がして、目が泳いでしまう。

瞬間、天竜が噴《ふ》き出すものを抑えるようにふっ…と息を吸いこんだような気がして、思わず顔が強《こわ》ばった。

「な…なんだ？」

無意識に一歩足を引き、それでもようやく愛想笑いで返した辰彦に、天竜が低く言った。

「一手、御指南に預かりたいのだが、いかがか？　蓮見さんも警察官なら、剣道はやっておられるのではない？」

「え？」

それはつまり、恵にふさわしい男かどうか見極めさせてもらう、……ということだろうか？

そんな言葉に、辰彦は思わず顔を引きつらせた。

「……真剣で？」

思わず視線を天竜が手にしている刀に向けて尋ねた辰彦に、天竜が唇の端で小さく笑う。

「いや。竹刀もある。私も、剣道の方も少し嗜《たしな》むのでね」

さらりと言われて、……しかしこの男の「嗜み」だと、辰彦の「心得」を遥かに凌《しの》いでいそうだ。

確かに辰彦も剣道はやってはいたが、ここしばらくまともに稽古もしていない。言い訳をさせてもらえば、そんな余裕もない。

「いやいやいや……」

辰彦はあわてて手をふった。

情けないとは思うが、あんなものを見せられたあとで、とても立ち合おうという度胸はなかった。

それに、天竜がいかにもな様子で、ふっと笑う。

「そんなことで、あなた、恵を守っていくつもりなのか？　あの子の側にいるつもりなら、あなたにはそれなりの覚悟はしてもらう必要があるんだが？」

天竜が手にしていた刀が無造作にシュッ…、と空を切り、ピタリとその鞘の先が辰彦の頬から数ミリというところで止められた。

反射的に身体が逃げかけたが、辰彦もここで引くわけにはいかない。

そんなことをすれば、金輪際、この男が自分を認めることはない。恵の相手としては。

背中に冷や汗が流れるのは感じたが、辰彦はそれでもまっすぐに男をにらみ返した。

「別にあんたの仕事を取って代わろうっていうわけじゃない。恵の警護はあんたの役目なんだろ？　俺には俺の仕事があるしな。ただ俺は恵の……心を守ってやりたいだけだ。どれだけ大事にしてるのか知らんが、あんた、壊れ物みたいに恵を囲いすぎじゃないのか？　恵だって成長する。少しずつ強くならなきゃいけないはずだ」

「なんだと？　恵の能力がどんなものかろくに知りもしないくせに、勝手なことをほざくなっ！」

めずらしく感情的になった声と同時に、天竜の右手がグッ…と刀の柄《つか》を握る。

今にも抜刀しそうな気配に、さすがに血の気が引いた。

それでもグッと辰彦は男をにらみ返した。

確かに、自分は恵の力や何かについて全部を理解しているわけではないだろう。まだ半信半疑なところもある。

ただ――。

「恵の力は…、俺にとっては、会いたい時にふわふわ俺のところに飛んでくる、ただそれだけのモノだけどな」

辰彦の言葉に、天竜がわずかに目を見張る。

「おまえ…」

そして何か見透かそうとするように、じっと辰彦を見つめてきた。

と、その時だ。

「政紀」

辰彦の後ろからぴしゃりと声がかかった。

ハッとふり返ると、見知ったもう一人の顔――白方《しらかた》が廊下に立っていた。やはり恵の従兄弟になるらしい男だ。

「耀《よう》……」

いくぶん体裁が悪そうに、天竜が視線をそらせた。ふっと、身にまとっていた殺気が消える。頬をかすめていた刀も力なく下ろした。

「蓮見さんをそんなに脅《おど》してどうする。怪我人なんだぞ？　しかも恵を助けてくれた時のね」

腕を組んで、冷ややかな眼差《まなざ》しが辰彦を間に挟んで天竜を見上げた。

「それは…、だがこの家に出入りするのなら、手合わせを願ってもいいだろう」

白方の方がいくつか年下のはずだが、まるで叱《しか》られた子供みたいに天竜が落ち着きなく視線を漂わせた。

「怪我も治りきっていない人を相手にか？　武道家のすることとも思えないけどね」

痛いところを突かれたように、天竜が黙りこむ。

「すみません、蓮見さん。政紀は武道オタクなんですよ」

辰彦に向き直り、身も蓋《ふた》もない言い方であやまった白方に、いや、そんな…、と辰彦も強ばった笑顔で言葉を濁す。

助かった…、と内心でホッとしたのもつかの間、天竜がピシリと辰彦に向き直った。

「わかった。では怪我が治った頃にまたお願いすることにしよう」

「そ、そうですか……」

きっぱりと言われ、ヒクッ、と頬が引きつってしまう。

ヤバイ。いや、武道オタクに勝とうなどとは思わないが、負けるにしても恥ずかしくない程度の負け方というものがある。恵も見学にくるかもしれないし。

誰かに稽古を頼まないとな、と頭の中で何人か、同僚の猛者《もさ》を思い浮かべてみる。

「あ…、みんな道場にいたんですね」

と、ふいにふわりと耳に届いた声に、三人の頭がいっせいに向き直った。

やわらかそうな髪の毛が跳ねまわった寝起きの顔で、恵が裸足のまま、廊下の端に立っていた。寝間着姿で、上から軽い丹前のようなものを引っかけただけだ。まだ眠いのか、目をこすっている。

それでも辰彦の顔を見てパッと表情を明るくし、パタパタと小走りに近づいてきた。

「大丈夫か？」

「大丈夫なのか？」

「大丈夫ですか？」

「え？」

思わず腕を伸ばし、迎えるように恵を抱き止めた辰彦と、他の二人からも異口同音の声が飛び出し、恵がきょとんとしたように首をかしげた。

聞いた三人の方は、恵の何を――どこを心配しているのかはおたがいにわかっていたが、当の本人だけがわからなかったようだ。だがわからないということは平気だということで……まあ、いいのだろう。

……辰彦に向けられる天竜の視線の鋭さだけが、いや増していたが。

辰彦はそのまま流そうとしたが、白方が優しげに微笑《ほほえ》んで尋ねた。

「腰は平気？　身体はつらくなかった？」

瞬間、ものすごい勢いで辰彦は咳《せ》きこんでしまった。

しかし恵はあっさりと、そしてにっこりと答える。

「あ、大丈夫でした。楽にして恐がらなくてもいいって、耀も言ってたし。ちょっと恥ずかしかったけど……」

「そう。よかったね」

二人の会話に、辰彦はなんだか非常にいたたまれない気分になった。齢《よわい》三十五にして、この天然な羞恥《しゅうち》プレイ……。

天竜が標準以上に過保護で、ブラコン……いや、従兄弟コンなのは覚悟していたが、白方の方は常識的なやり手の弁護士だと思っていたが。ちょっと認識を改める必要があるかもしれない。

「耀！　おまえ…っ、またつまらないことを恵に教えたなっ？」

横からいくぶん赤い顔で噛《か》みついた天竜に――ホッと安心するほど、常識的な反応だ――、白方が澄ました顔で返している。

「つまらないことじゃありませんよ。人生に必要なことです。恵にはそういうことを話せる同年代の友達がいませんし、お堅いあなたじゃ、避けるだけで話になりませんからね」

「だからといっておまえ…っ」

「ではあなたは、恵の初体験がひどく傷だらけになってもよかったと？」

「そういうことを言ってるんじゃないっ！」

言い合う二人をちょっと不思議そうに見ていた恵だったが、ふと思い出したみたいに辰彦を見上げてくる。

「帰ってしまったのかと思いました」

「いや。まだ有給もあるしな」

無意識のように細い指先がぎゅっと辰彦の袖口《そでぐち》をつかみ、ちょっと拗《す》ねたように言われて、あわてて辰彦は答えた。

目が覚めた時に一人だったから心配になったのだろう。かわいそうなことをしたな、と反省する。

「辰彦も朝稽古をするんですか?」

「いやいやっ、まさかっ」

反射的に否定したが、白方との口論に区切りをつけた――というか、あきらめた――らしい天竜が、なかば嫌がらせなのだろう、快活な声で誘ってくる。

「した方がいいぞ。気持ちもいいし、一日の始めが引き締まる」

反論ができない正論なのだが、人間、そう清く正しくは生きられない。

「じゃ、朝食を用意してもらいますから。蓮見さん、先に朝風呂でもいかがですか? ヒノキ風呂があるんですよ」

そんな白木の誘いに、辰彦はへぇ…、とつぶやいた。さすがに豪勢だ。そして贅沢《ぜいたく》だ。朝から風呂とは。まあもちろん辰彦の場合、仕事からの朝帰りで否応なく、朝シャワーをしてぱったりとベッドに倒れるようなことはよくあったが。

「……ああ、恵も一緒に入ってきたら？」

だがさらりと何気ないように恵をうながした言葉に、思わず、えっ？　と声を上げてしまう。

恵はちょっと目を大きくして、ちょっと恥ずかしそうにうつむいたが、それでも、はい、と素直にうなずく。そして、辰彦に視線を向けて許可を求めてきた。

「ええと…、一緒に入ってもかまいませんか？」

「あ、ああ…。そりゃ、まあ……」

今さら、とも言えるし、もちろん辰彦としては問題はない。それに、ゆうべの痕《あと》はちゃんと処理してやっていたとはいえ、風呂には入りたいのかもしれないし。

ただ、今、真正面から天竜の顔は見たくない。

しかし代わりに、硬く強ばった朗らかな声が――えらく矛盾しているが――背中から貼りつくように聞こえてきた。

「じゃあ、俺も一緒に汗を流すことにするかな。昔はよく恵も入れてやっていたし」

おそらく男三人で入っても、余裕の広さがあるのだろう。わざわざ「昔」のことを持ち出したのは、明らかに辰彦への当てつけだろうが……昔というと、本当に恵の小さい頃のはずだ。いちいち目くじら立てるほどのことでもないが、確かにちょっと、いらっとする。

しかし今、この三人で、と思うと、あまりに微妙な空気になりそうで考えたくない。

「政紀。あなたにはちょっと用がありますから、風呂は食事のあとにしてもらえますか」

しかし白方の冷ややかな声が割って入り、思わず胸を撫で下ろした。

天竜はチッ…、というようにわずかに顔をしかめたが、反論はしなかった。

どうやら白方には、天竜も口答えはできないらしい。やはり弁護士という、口のうまさと押しの強さだろうか。

ではどうぞ、と白方に案内されるまま、辰彦はあとについていった。途中で恵が、「着替えをとってきますね」と、ウキウキした様子でいったん部屋へもどる。恵にとっては、一緒にお風呂、というのも楽しいイベントなのかもしれない。汚れた大人と違って、風呂の中でのどういう可能性があるかなどと、考えてもいないのだろう。

先に母屋の風呂の方へ辰彦を案内しながら、白方が何気ないように口を開いた。

「恵の離れにも風呂はありますから。ご自由に使ってください」

この調子だと、やっぱり白方も、……つまり辰彦が恵とやることをやっている——そしてこの先もある、というのがわかってるんだろうなぁ…、と今さらながらにちょっと照れる。さっきの話からだと、白方には恵が無邪気に相談している可能性もある。

案の定、さらりと白方が続けた。

「ご足労ですが、蓮見さんには通い婚でお願いできますか？　平安時代の貴族みたいですけど」

はぁ…、となんとなく答えながらも、一瞬、言われた意味が理解できなかった。

……平安貴族？　通い婚？

頭の中で反芻《はんすう》して、ようやく、あぁ…、と思う。

「こちらに移り住んでいただいてもかまいませんが、蓮見さんのお仕事のご都合もあるでしょうから、まあ、おいおいに」

恵とそういう関係になって、正直、その先のことをあまり考えていなかった。うかつなことに。

だが実際問題として、恵を自分のマンションに連れていって一緒に住む、などということは不可能なのだ。

辰彦のマンションにいても恵はやることがないだろうし、一日中、閉じこめておくこともできない。しかも部屋はともかく、マンションなどは人の出入りも激しく、恵にとっては神経が安まる間もないだろう。

そして、恵には恵の「仕事」があるわけだ。嬉野の当主としての務めも。

そういう意味では辰彦は身軽なので、どこに住もうが、通ってこようが、まったくかまわないのだが——ただ。

「ええと…、あんたはいいんですか？　俺が恵の相手で。天竜氏は不服そうでしたけどね」

とりあえず、それを確かめておく。

天竜と違い、白方の方はずいぶんと協力的というか、恵との間を積極的に取り持ってくれているようで、かえってちょっと恐い。何か裏がありそうで。

それに白方がクスリと笑った。

「政紀は花嫁の父という心境なんでしょう。誰が相手でもギャーギャー言いますよ」

天竜は辰彦とは同い年くらいだと思うが……いや、同い年くらいの男にとられるというのが、「父」としてはかえってムカックのかもしれない。

「私は下心がありますからね」

「下心？」

――誰に？　まさか、俺にじゃないだろう。

そう思ってはいても、ちょっとドギマギしながら聞き返した辰彦に、白方が恵とよく似た顔でひっそりと笑った。恵よりはずっと色っぽく、腹黒そうな感じではあるが。

「ベッドの中でまで恵の心配をされるとさすがに興ざめですからね。政紀には少し、子離れしてほしいんですよ」

「まぁ…、そりゃ、確かに……えっ？」

さらりと言われて、辰彦は思わずひっくり返った声を上げてしまった。

――つまりそういうこと……なのか？

マジマジと男の顔を見つめてしまう。

それに白方が静かに微笑んだ。

「政紀はああいうまっすぐな人でしょう？　昔からですけどね。天竜はもともと嬉野の分家でずっと当主を警護する役目についていますから、政紀も恵が赤ん坊の頃から一緒にいるんですけど。恵の能力はずいぶん強かったし、ほんの子供の頃はそれをコントロールするやり方も、しなければいけないということも知りませんでしたからね。恵が四つか五つの時、政紀はつい『勝手に人の気持ちを読むな、気持ち悪い』って言ってしまったみたいなんですよ。その頃は政紀くらいしか恵の側にいる人間はいませんでしたから、政紀に嫌われたと思って恵は家出してしまって。政紀は恵を傷つけたとずいぶん後悔して…、まだ負い目みたいに引きずってるんです。二度と恵を傷つけないように、他の誰にも傷つけられないようにって。まあ、そのことがきっかけで、恵は自分のまわりにいる人間の感情を読むことをいっさいしなくなったので、案外結果的にはよかったんじゃないかと思うんですけどね」

いくぶんドライな調子で言ってから、白方はいたずらっぽい表情で続けた。

「ですから、政紀の恵に対する気持ちは恋愛感情ではなく保護者としての気持ちというところですから、そういう意味では心配はありません。……とはいえ、かえってやっかいかもしれませんね。まあ、私としては蓮見さんに期待してるわけですよ。他の人間と関わることで、恵の視野も広がりますからね」

なるほど、と辰彦はうなずいたが、要するにうまくたきつけられている、ということだ。ただそれで、辰彦の恵に対する何かが変わるわけでもない。辰彦としてはありがたく、白方の助力を受けておけばいい。

「俺にとっては恵がなんでもいいけどな。巫女さんでも、幽霊でも、ぬいぐるみでも。ま、実体があってくれる方がうれしいが」

肩をすくめて言った辰彦に、白方がにっこりと笑った。

「恵の能力はあなたのお仕事にも役立つと思いますよ？」

「いや、そういうことに関わらせたくないな」

渋い顔で、辰彦は顎《あご》を撫でながら返す。

死体だの、殺人だのと。どろどろと嫌な感情だ。

「どうでしょう？　案外、恵にとっても自分の見たモノをあなたに話せるのは、気持ちが楽になるのかもしれませんけどね。今まではうっかり見かけても、知らないふりをするしかなかったみたいですから」

見たモノ——というのは、殺された人間の幽霊だろうか？

辰彦は思わずため息をついた。

厄介な能力だ。否応なく、いろんなモノが見えてしまうとしたら。

辰彦自身は、恵が霊媒師だろうと、占い師だろうと、別に何が変わるわけでもない。可愛い恋人ができたというだけだ。

そう思っていたのだ——。

◇

◇

「……ってコトで本庁に上がってきた事件《ヤマ》なんですけど」

辰彦がめでたく仕事復帰して五日目――。

めずらしく吉井がモバイル機器を手放して、アナログに何枚か写真が貼りつけられたホワイトボードの前でペンを握っている。

辰彦の班――正確には係長である大屋《おおや》の班だが――が担当につくことになった事件の概要を、班内の捜査会議で説明しているのだ。

普通こういったことは、訓辞だの捜査方針だのを交えながら指揮官となる係長がやることが多いのかもしれないが、大屋の班では下っ端がやることになっていた。上から指示されたことだけやるのではなく、大局的に事件を見る目を養え、ということらしい。以前は辰彦もやっていた。他人に説明するとなるとまず自分の頭の中を整理する必要があり、被害者のまわりの人物の相関関係や事件の全体像がつかめるのは確かだ。

「――で、この部屋の住人が山倉麻帆《やまくらまほ》。二十九歳。独身。衆議院議員である長藤敦朗《ながふじあつろう》氏の個人秘書です。……政治家秘書ってことで本庁《こっち》にまわってきたんでしょうかね？」

器用に指先でペンをまわしながらの吉井のそんなコメントに、大屋が歯が痛いみたいに顎を撫でて渋い顔をする。

めんどくさそうだな…、と辰彦も自分のデスクに肘《ひじ》をついて、ちょっとため息をもらした。

刑事として、相手が誰であろうと毅然《きぜん》とした態度で真実を追及する――、というくらいの矜持《きょうじ》はあるが、聞き込み一つにしてもややこしくなるのは確かだ。センセイはもとより、同僚の秘書たちにしても口は重くなるだろう。

「いいから、進めろ。……で、届けがこんなに遅れたのはどういうわけだ？　失踪してそろそろひと月にもなるんだろ？」

先輩刑事の声に、吉井があわててホワイトボードに向き直った。

「あっ、はい。えーと…、それで、失踪したのが八月末らしいんですが、ちょうどその頃彼女、夏休みをとってたみたいで。足取りが不明で正確な失踪日時がまだわからないんですよ。仕事に出る予定になってた日にも顔を出さなかったんで、同僚が電話を入れてみたけど連絡がとれない。固定電話も携帯もです。それで家を訪ねてみたが、鍵《かぎ》がかかっていて留守のようだと。何か急なことで旅行から帰ってこられないかもしれないということで、数日待ってみたがやはり音沙汰《おとさた》がない。やっぱりおかしいっていうんで、管理人に頼んで部屋を開けてもらったが、部屋の中にも異常は見られなかった。その時点では、ですが。きれいに片づいていたようですし、争ったような形跡もないですしね。事件性を感じられなかったんで、警察にも届けられなかったということです。まあ政治家じゃ、うかつに警察の世話にはなりたくないでしょうし」

再び吉井が私的コメントを挟む。

飄々《ひょうひょう》としたふりをしているが、いつも以上に気合いが入っているように見えるのは、相手が「巨悪」――と決まったわけではまったくないが――だと燃えるタイプなのだろう。昨今の若者らしくクールでスマートな風情だが、芯《しん》は案外熱血なのだ。

「勘ぐられて、汚い仕事が嫌になって議員の秘密を握ったまま失踪したとか週刊誌にも書かれたくねえだろうしな…」

それにうなるような別の刑事の合いの手が入る。

「女性秘書ってのもめずらしいんじゃないのか？　会社社長ならともかく、男の議員さんはスキャンダルを嫌って、たいてい男を置くだろ？」

「だから向こうさんもピリピリしてるんじゃないですかねえ…」

口々にそんな憶測が飛び出す。

「まあ、ただの家出っていうか、本人の意志で消えたんならどうしようもないですしね。ただ秘書仲間の話を信じるなら、仕事上のトラブルもなく、失踪するような理由はまったく見あたらないということです。家族も同様のようで、……えーっと、その家族っていうのが、妹さんだけなんですよね。しかも国際結婚してアメリカ在住で。なんで、この間ようやく帰国して、二、三日姉の部屋に泊まって行方の手がかりになるものを探していたみたいなんですが、その時にフローリングの床の溝にわずかな血痕《けっこん》らしいものが残っているのを見つけて警察に届けてきたんですよ。もっとちゃんと調べてくれって。で、ルミノール検査をしてみたら、フローリングに結構な血だまりらしいのが見つかりました。判別検査の結果、人間の血に間違いはないそうです。ただ――」

「問題は遺体がねぇってことだわな」

あとを引き取るようにして、大屋がのっそりと口にした。

一応、あらかじめ聞いてはいたことだったが、あぁ…、と一同の口からため息がこぼれる。

そう。殺人事件として捜査を始めようにも、肝心の遺体がないのだ。

まず殺人事件として捜査できるのか――大怪我をしただけという可能性もあるわけだ――、できたとしてどこから着手するのか。

そもそも遺体がなければ、誰が死んだのかさえわからない。

「つまり誰か死んでいたとして、殺されたのが山倉麻帆本人なのか、あるいは麻帆が訪ねてきた別の誰かをうっかり自分の部屋で刺し殺してしまい、恐くなって逃げたのか。……そういう可能性もあるわけですよね？　遺体はどっかに埋めたか、海に捨てたかしたあとで」

吉井がペンを振りながら、今度は少し建設的な、そしてうがった推論を口にする。

それに、ふん、と鼻を鳴らすようにして、「どうだ？」と大屋が辰彦に振ってきた。

「そうですね…」

辰彦は手にしていたペンの先でこめかみのあたりをかきながら、慎重に口を開く。

「仮に殺人事件として、部屋の主が被害者とは限らないというのは必要な視点でしょうが…、この場合、どうですかね。恐くなって逃げたんなら、そのまま逃げるでしょう。あれだけきれいに痕跡《こんせき》を消しているということは事件自体を隠蔽《いんぺい》するつもりでしょうし、そこまで冷静にやれるんなら知らないふりをしてしばらく住み続け、適当な頃合いをみて引っ越した方が疑われない。ついでに、血だまりがあっても刺殺とは限らないな。毒殺かもしれないし、銃殺の可能性だってないわけじゃない」

あとの方は吉井に向けた言葉で、その指摘に吉井が、あー…、とうなる。

確かに毒や銃は入手が困難だし、状況的には刺殺が一番ありそうではあったが、可能性を消すことはできない。

「ただ実際のところ、あの血痕は腕か足にうっかり大怪我をしただけのことかもしれないし、女性なら……、その、なんだ…、生理中の血が落ちたってことも考えられる。事件と言えるかどうかは微妙だな」

さすがに口ごもるように続けた辰彦に、さっきのお返しか、吉井が大きく手をふってあっさりと否定した。

「まさか、それはないですよ。三十近い女の人でしょ？　初潮を迎えた小学生の女の子じゃあるまいし、リビングにあんな血の跡を残すわけないですよ」

そういう恥じらいがないのか、吉井は「初潮」という言葉もさらりと口にする。

「病気で血を吐いたのかもしれんぞ？　それで、誰にも迷惑をかけないようにひっそりと一人で最期を迎えようと姿を消したとか」

「いつの時代の少女マンガですか」

本気だったわけではないのだろう、年配の刑事のちょっとからかうような指摘も、吉井は遠慮なくぴしゃりと一言で却下する。

「事件ですよ、事件！　死体なき殺人事件ですよっ。だいたいあやしいですよ、有能な美人政治家秘書がいきなり消えるなんて。何か隠された陰謀が――いてっ！」

テンションの上がった吉井は事件をおもしろがっているとか思えず、辰彦は手元にあったタバコの空箱をひねって投げつけてやった。ついでじろっとにらんでやると、さすがに不謹慎だと空気を察したようだ。あわてて表情をあらためる。

この段階で陰謀云々は行き過ぎだ。想像力があるのはいいが、広げすぎるととんでもない方向へ走ってしまう。

まあ確かに、何かの事件に巻きこまれた可能性があるとは辰彦も思うが。

「秘書さんの男関係はどうなんだ？」

ふだんの眠そうな顔で目の前の寸劇を眺めていた、まだ覚醒《かくせい》する前の「鬼」の係長がボソッと尋ねた。

「まだ不明です」

それに吉井が咳払《せきばら》いして簡潔に答える。

ふぅむ…、と大屋がうなった。

「周辺の捜査はせにゃならんだろうが…、結局、死体が出なきゃどうにも進めようがねぇわなぁ」

殺人事件の認定に死体は絶対条件ではないが、実際問題として、もっとも重要な「証拠物件」でもある。

とりあえず班分けをして、被害者——ともまだ断定できない、山倉麻帆の周辺を洗うことになった。まずは失踪するまでの足取りと、人間関係だ。

いったん自分の席にもどった辰彦は、メモを開いて覚え書きのような単語をいくつか書きつけていく。吉井なら、さっき自分が報告した内容すべて、写真も含めてモバイルに放りこんでいるのだろうが、辰彦の場合そんなに詰め込んでも効率がよくない。

それにどうせ、吉井と組むことになるのだ。必要なら、吉井からデータを引き出せばいいわけだった。写真を持ち歩く必要もない。

メモを開いたまま、どの方向から攻めるかな…、と無意識に考えをめぐらせていた辰彦は、ふと妙な視線を感じた。

ハッと顔を上げるが、まわりの同僚たちもおのおの振られた仕事を検討中、あるいは情報を共有中で、辰彦を気にしている様子はない。何人かは吉井のもとに、何かの資料をもらいに行っている。

そして自分のデスクの目の前にはすっとぼけた顔をしたクマ——クマのぬいぐるみしかない。

しかしそのクマがくせものなのだ。

もしや、と思う。

「……おまえ、いるだろ？」

じいっ、と黒いつぶらな目を見つめて、辰彦は低く尋ねた。

しかし当然と言おうか、クマは反応しない。が、辰彦には微妙に目をそらしたように思えた。

「いるよな？」

さらにぬっと顔を近づけ、ピン、と指先で軽く耳を弾いてやる。

と、クマがぶるるるるるっ、と首をふった。

まさしく語るに落ちた、というヤツだ。

「まったく……」

ハァ…、とため息をついて辰彦は手を伸ばすと、クマの頭をむんずとつかみ、膝の上に抱え直した。

「ダメだろ、こんなところをうろちょろしてたら」

めっ、と言うように叱ると、観念したのか、てへっ、というようにクマが片手を持ち上げた。

『すごい。よくわかりましたね』

「あんまり自分の身体を離れるなよ。体力使うだろ？」

『精神力は少し使いますけど、体力はあまり使いませんよ』

あっさりと言われて、うっ…と辰彦は詰まる。もっともだ。

「何か事故があって帰れなくなったら困るだろう？」

実際のところ、それが一番心配なのだ。

生き霊というのか、幽体離脱というのか知らないが、あまり長い時間本体を離れていると、身体の方も衰弱するらしい。

やはり「魂」が心と身体をつないでいるんだろうなぁ…、とぼんやり思ってしまう。

『辰彦が仕事にもどってから、しばらく顔を見ていなかったから…』

叱られて、クマがしょんぼりと肩を落とした。

そう言われると、それ以上はさすがに怒れなくなる。

実は退院後の有給になっている間、天竜の鋭い視線に耐えつつ、恵の家で過ごしていた。すでに入り婿《むこ》状態という感じだったが、やはり自分の散らかったマンションより過ごしやすいのは確かだ。上げ膳据え膳だし、掃除の必要もない。とはいえ、名目としては恵のふだんの生活を知る、というのがあったのだが。

恵の生活のリズムをつかんでおかないと、辰彦の仕事が不規則なだけに、何かの時に対応がとれなくなる。

だが仕事に復帰して以来、恵の家には足を向けられずにいた。さすがにたまっていた書類などを片付けていたのだが、それがようやくなんとかなりそうだと思ったら、……この事件だ。

事件——と言っていいのかどうかもまだわからないくらいの。

「先輩、またぁ……」

と、いきなりあきれた声が降ってきたと思ったら、いつの間にか吉井がいかにもな様子で首をふりながら目の前に立っていた。

ハッ、と我に返ると、辰彦の手は無意識にクマの頭を撫で撫でしている。

「あー…、いや、これは、その……」

さすがに、マズイとは思うものの、言い訳の一つも出てこずに愛想笑いで口ごもってしまう。

かまわず吉井は腕を組み、立ったまま辰彦を見下ろして、こんこんと説教した。

「先輩、なんかキャラをつけたいんだったら、もうちょっと凄《すご》みのある、カッコイイものにした方がいいですよ？　『ぬいぐるみ刑事《デカ》』って迫力なさすぎ」

「おまえな…」

その的の外れた指摘に、辰彦は思わずうなった。

別にそんなものを目指しているわけではない。

とはいえ、辰彦はこのクマを持ち歩くのが習慣になっていた。確かにまわりからみれば、なんだ？という感じだろうとは思うが。

辰彦がクマを連れていれば、たいてい迷わず、恵はやってくることができる。が、クマのところに行ってても辰彦がいなければ、またふらふらと捜しに行くかもしれない。

そしてそのまま、自分の身体への帰り道がわからなくなってもどっていけなくなる——ということになる可能性だってあるんじゃないかと思う。そうなると、恵は生きたまま「幽霊」と同じように漂い続けるわけで、その間に身体の方は死んでしまうだろう。

まったくもって、ゾッとしない。実際にどうなるのかはやってみないとわからないが、試したいことでもない。

結局、辰彦はいつもクマを連れていくハメになるのだった。

最近はやわらかな革のケースに入れて、それを持ち歩くようにしている。いざとなれば、すぐにベルトに装着できるタイプだ。

中身が中身だけに外見はシックにしてみたのだが、中身が中身だけに、奇異なことはとり繕いようがない。たいていケースの口から頭だけ出ているし。

ベルトにつけていればスーツの裾に隠れるのだが、そこそこの大きさはあるので、ごわっと不格好にスーツが盛り上がってしまうのはどうしようもない。車だと中においていくこともあるのだが。

「ほら、行くぞっ」

結局、言い訳することをあきらめ、辰彦は後輩の腕をたたくようにして立ち上がった。メモを内ポケットにつっこみ、片手でクマをつかんでケースに入れながら。

「やっぱり持ってくんですね…。ホント、どうしちゃったんですか？」

「いいから。……あーっと、俺たちは山倉麻帆の同僚秘書たちから話を聞くんだったな？」

無理やりに話を仕事に持っていき、辰彦は歩き出した。

「ええ。それと、できれば休みを取る前の彼女の行動を確認したいですね」

『あのう……』

話ながら大股に部屋を出た辰彦の耳に、おずおずとした声が聞こえてくる。

「何だ？」

「何ですか？」

何気なく聞き返し、怪訝そうに吉井に聞き返され、あっ、と気づく。

聞いたのは恵の声だった。

「あ…、いや、おまえじゃない。ていうか、何でもない」

「はあ？」

さらに不審そうな目になった吉井から視線をそらしつつ、何だ？　と聞くように指先で、ちょいちょい、とクマの頭をつっついた。

『ええと…、さっき皆さんでお話ししていた被害者の方を捜しに行くんですよね？』

微妙に違うが、どうやら捜査会議は聞いていたらしい。

何か話したいことがあるんだろうか？

ふと思いついて、辰彦はあわてて吉井に言った。

「……あー、俺、ちょいトイレ、行ってくるわ。先、下りといてくれ」

「さっきも行ってませんでした？　近いのは年取った証拠じゃないですか？　――いてぇっ！」

憎たらしく言う後輩の頭を一つどついてから、辰彦はせかせかとトイレの個室に入った。

「なんだって？」

とりあえずどっかりと便器にすわりこんでから、取り出したクマに小声で聞き直す。

『あの写真の女の人と、ここに来る途中ですれ違ったんです』

「すれ違った？」

思わず高い声を上げてしまってから、ハッと息を止める。が、幸いにもトイレの中には誰もいなかったようだ。

だがまあ、個室の中での話し声なら、行儀悪く携帯で電話でもしているのかと思われるくらいだろう。

……そうか。外で話す時には、携帯を出しておけばいいのか。

ふと思いつく。次からはそうしよう。

いや、今はそれより。

「すれ違ったって、おまえ……？」

まさか、とうかがうようにクマの顔を見ると、丸い頭がコクコクとうなずいた。

『幽霊でした』

やっぱり、とがっくり首を垂れてしまう。

やはり死んでいたらしい。殺されたのだろう。

『ずっと立ったまま動かなかったから、多分……あの場所に埋められてるんじゃないかと思うんですけど』

「そうか……」

思わず、辰彦はため息をついた。

だがまあ、これで死体が見つかり、殺人事件となれば捜査の規模も大きくできるし、解決に向けて進展するだろう。

「場所、わかるか？　俺を連れて行けるか？」

『はい。大丈夫です』

重ねて聞いた辰彦に、クマが大きくうなずいた。

トイレから出た辰彦が急ぎ足で下りていくと、吉井が玄関口で待っていた。

遅いですよーっ、と上がった声を無視して、辰彦は短く言った。

「死体、掘り出しに行くぞ」

「えっ？」

吉井が素《す》っ頓狂《とんきょう》な顔で辰彦を見つめ返してきた――。


「……って、先輩っ！　私有地でしょ？　勝手にいいんですかっ？　令状、いるんじゃないですか、これ〜っ！」

吉井が泣きそうな顔で悲鳴を上げている。

それから四十分後——。

シャベルを手に二人が立っていたのは、畑の中だった。

都内にもまだ残っている個人の小規模な畑のようだが、いくつかのブロックに区切られていて、今流行《はやり》の家庭菜園——のちょっと大きなもの？　——に貸し出しているらしい。

その用具入れらしい、かなり大型の屋外物置の後ろだ。畑として使われている部分ではない。

恵が『ここです』と示した場所。

つまり、辰彦には見えないがそのへんにあの写真の女性の幽霊がいるのか…、と思うと、ちょっと背筋が寒くなる。吉井のように、何も知らないのがうらやましいくらいだ。

「いいから、掘れ」

うだうだという後輩に辰彦もシャベルを担いで嚙みつくように命令すると、吉井はしぶしぶと無造作に置かれていた大きめの石をどけ、その下を掘り始めた。

物置の中にもシャベルはありそうだったが、この二本はここに来る途中で買ってきたものだ。中のシャベルは、ひょっとすると証拠品になる可能性がある。

「恵？」

ガシュッ、とシャベルが土に当たる音を聞きながら、辰彦は腰につけたクマの頭をつっついて呼びかけてみたが返事はない。さっきまでいたのだが、今は少し離れているようだ。

とりあえず、辰彦も死体掘りに参加した。

「どうしてここに死体があるってわかるんですかー？」

土に突き刺したシャベルを足で押しこみながら、恨みがましい目で吉井が尋ねてくる。

「匿名のタレコミだ」

「えー……、またソレですかぁ？」

他にどう言いようもなく、あえて無表情に辰彦は言い放ったが、やはり吉井はいかにもうさんくさそうな眼差しだ。

この間からそればっかりだから、まったく無理もない。

「まぁでも、ホントに出たらすごいですけどね。先輩、このところ妙に情報をつかむのがうまいですし。……あ、ひょっとして、すごい情報屋とか持ってます？」

「そんなハードボイルドな話じゃねぇよ」

期待いっぱいの目で聞かれたが、辰彦は手を動かしながら無愛想に答える。

……なにしろ、生き霊のクマだ。

「あ…、おい。何かあるぞ」

と、ふいに必死で掘っていたシャベルの先に何か布のようなものが引っかかり、辰彦は思わず声を上げた。

「え…、マジですか……？」

注意深く掘り進めていくと、さらにその布の先に腐敗した肉のようなものが見えてくる。そして、明らかな人骨が。

げぇっ！　とシャベルを放り出すようにして飛び退ったあと、青ざめた顔で吉井がつぶやく。

「ホントにあった……」

辰彦もわずかに顔をしかめ、それでもしゃがみこんでそっと手を合わせた。

まあしかし、この遺体も早めに見つけられてよかったのかもしれない。菜園の利用者にしてみたら、自分たちの口の入れるものを作っているすぐ横に死体が埋まっていた、などと、あまり考えたくはないだろうが。

「やっぱ、殺人だったんですね……。これ、山倉麻帆でしょうか……？」

ようやくビクビクともどってきてから、吉井が震える声で確認する。

「そうみたいだな」

どうやら布はスカートの端のようで、女性には間違いない。というか、幽霊本人がいるのなら、間違いようもない。

『あ、でもこの人、殺されたんじゃないみたいですよ？　自殺だそうです。手首を切って』

「そうか。殺しじゃないのか…………えっ？」

そんな声に何気なく受け答えてから、思わずふり返ってしまった。

……何が見えるわけでもなかったが。

『ただ、その死体を見つけた人がここに埋めたみたいです。えっと、不倫相手の男の人』

「おいおい……。じゃあ、死体遺棄事件か……」

どうやら恵は幽霊から話を聞いているようだった。事情聴取というわけだ。……被害者本人に。便利な世の中になったものだ。

「ひょっとして先輩、死体の声が聞こえる人ですかっ？」

そんな辰彦の様子に、吉井が大きく目を見開いて叫ぶように尋ねてくる。

「バカ。いいから電話しろ、電話。大屋さんに報告だ。鑑識を呼べよ。それと現場保存な。この畑には誰も入れるな」

「は…はいっ」

吉井が飛んでいくのを眺めてから、やれやれ…、と顎をこすりつつため息をつく。

「不倫相手って？」

そしてあらためて尋ねると、同じ事務所の人だそうです、と恵が名前を挙げる。

確かに話を聞いた中にいた、男性秘書だ。秘書だが、確か某政治家の三男だとかで、今は父親の盟友である政治家先生のところで修行中の身ということだったはずだ。いずれは地元に帰って父のあとを継ぐ予定だとか。

どうやらこの女性は、妻子あるその男と不倫の末、自殺したらしい。男に今から死ぬ、と電話をかけ、遺書も残していたようだ。しかし泡を食って男が駆けつけた時には、すでに女は死亡していた。

自殺が表沙汰になると当然、その理由も調べられる。不倫したあげくに相手が自殺などということが世間に知れたら、法的にはともかく、政治家としてのイメージは著しく傷つく。父の跡を継いでの出馬など、到底無理だ。なので、男は必死に隠そうとした。彼女の死、そのものを。

この畑は、男の妻も一区間、借りているようだった。だからとっさに思い出したのだろうが、しかし畑などに死体を埋めても、拡張でもされればすぐに掘り出されそうなものだ。骨になってからまた掘り返してどこかに埋め直すつもりだったのだろうか。

難しい事件になるかと思ったが、急転直下、一気に解決してしまった。

まあ、これをどうつじつまを合わせて説明するのかが、今後の課題なわけだが。

まもなくパトカーが到着し、鑑識が到着し、現場検証が始まる。

「……なんか、最近神がかってませんか、先輩?」

あとは鑑識に任せて、離れたところからその様子を眺めていた辰彦に、吉井がうかがうような目を向けてきた。

「ああ。クマの御利益でな」

辰彦はすっとぼけた答えたが、まさに真実だ。

「ホントですか? このクマ? どこのクマですか? どこかのお神社の?」

しかしその「御利益」を目の当たりにしていた吉井は、わずかに身をかがめて辰彦の腰にくっついているクマに手を伸ばした。今までバカにしていたくせに、マジマジと眺め始める。耳を引っ張ったり、手を持ち上げたり。

「ほら、汚い手で触るな」

辰彦はそれを、ぺしっ、と払い落とした。

「俺、先に帰ってるから。報告書が大変そうだしな。あと、よろしく」

そしてそう言うと、さっさと現場をあとにした。

考えてみれば、殺人――いや、死体遺棄現場にいつまでも恵をふらふらさせておく必要はない。何かヘンなものを呼びよせてもまずい。

「まだいるのか？　大丈夫か、気分は？」

歩きながら尋ねると、大丈夫です～、とのんびりとした声が帰ってきた。

『あの女の人の幽霊、自分の遺体が見つかってホッとしてましたよ。成仏していきました』

「そうか……」

だったら、掘り出した甲斐《かい》があったということだ。

「おまえ、そんなに死体を探さなくてもいいんだぞ？　あんまり幽霊に近づきすぎると、引っ張られたりしないのか？」

『大丈夫ですよ。対処が難しいのは生きている人間でも同じですし、幽霊もずっと同じ場所に立ってるのもつらいですし…。辰彦のお手伝いができたらうれしいです。それに事件が片づいたら、辰彦も早く家に来られるでしょう？　少しはゆっくりできるし』

「そうだな」

わくわくとした声に、ちょっと苦笑して辰彦はうなずいた。

確かに事件が立てこんでしまうと、恵のところには行けなくなってしまう。こうやって顔を見に来てくれるのはうれしいが、それはそれで会いたさが募って、カラダがちょっと切ない感じにもなる。

スピード解決で少し余裕ができるのなら、恵を——クマではなく、生身の恵を、少しどこかへ連れ出してやりたかった。ベタだが、海とか山とか。映画とか。ファストフードの店とか。

若い恋人だが、辰彦にしてもクマを連れているよりはまだ、ヘンな目で見られないはずだ。

と、辰彦が最寄りの駅から電車に乗ろうと、住宅街の角を曲がった時だった。

『あっ、死体』

いきなり恵が声を上げた。

「死体？」

——また？

『あのアパートの一階の一番右端の部屋……。その床下に死体があるっぽいです。あ、もう骨だけみたいですけど』

クマが短い腕を伸ばして、そちらを示している。

「マジかよ……」

辰彦も視線でそちらを追い、思わず低い声でうめいた。

「おまえ…、俺を休ませたいのか、働かせたいのか、どっちなんだ？」

『……あれ？』

◇　◇

ひさしぶりに恵の――嬉野の家を訪れた辰彦は、仕事明けの風呂上がりでぷはーっ、とビールを喉に落とし、ささやかな幸せを味わっていた。

辰彦がこの家に来るのは、たいてい夕食後の九時以降だった。たまにならいいのだが、うかつに夕食に誘われると少しばかり気詰まりだ。小舅の目も厳しい。顔を合わせて、また剣道の立ち会いを迫られてもマズイ。

白方が通用門の合い鍵をくれたので、そこから庭をまわって恵のいる離れに直接入れるようになって、とてもありがたい。おかげで、長い廊下を抜き足で歩く必要はなくなった。

辰彦がきちんと顔を出していると、恵も昼間にふらふらと霊体になってクマに取り憑《つ》くこともないようだった。

十月も下旬に入り、ようやく夜風も少し涼しくなっている。

そういえばそろそろ秋祭りの時期だし、一度、一緒に行ってやりたかった。自分と一緒なら、多分、人混みの中でも楽にいられるはずだ。妙に、そんな確信がある。

きっと、クマに入っている時と同じようにゆったりとしていられる。

辰彦は半分ばかり空けた缶ビールを摘《つま》んだまま、ふらりとベッドへ近づいた。

渋いレンガ色のシーツが掛かったベッドの上では、恵がくったりと身体を横たえている。

先日顔を合わせた時、最近、恵はちょっと色っぽくなりましたね、と、妙に意味ありげに白方が言っていたが……確かに、そんな気もした。

風呂上がりで上気した肌と、浴衣の裾が少しはだけた隙間から見える白い足と。わずかに潤んだ眼差し。

もっとも、誘っているつもりでもないのだろうが。

そもそも恵がぐったりしているのは、辰彦が風呂場でイタズラをしすぎたせいだ。

なにしろ——。

「もうっ…、もうっ…、一緒にお風呂には入りませんっ」

と、最後には泣きながら宣言していたくらいで。

力の抜けた身体を抱き上げて浴衣を着せかけてやり、ベッドまで運んでやったのは辰彦だったが、まだ拗ねているようだ。

「けーい、悪かった。機嫌を直せよ」

冷たい缶の先の方を軽く頬にあてるようにして、辰彦はなだめる。

うつぶせだった恵がわずかに顔を向け、ちろっと横目ににらんでくる。

「俺の気持ちを読んでみろよ。恵が大好きだ、としか言ってないだろ？」

心の中は下心でいっぱいだったが、多分、下心は感情の色には出ない。それとも、ショッキングピンクにでも色づいているのだろうか？

「知りませんっ」

しかし恵はパタパタと首をふって、ふいと視線をそらした。

そんな仕草も可愛くて。

辰彦は缶ビールをサイドテーブルにのせると、恵の背中に貼《は》りつくようにして身体を伸ばした。

襟足の髪を指先でかき分け、華奢《きゃしゃ》なうなじをそっと撫で上げると、ピクッ、と肩が揺れる。それがクマが動いている時みたいにぎこちなく見えて、思わず吐息で笑ってしまった。

辰彦は大きく腕を伸ばし、背中からすっぽりと恵の身体を抱きしめる。細いが、ぬいぐるみよりはずっと抱き応えがあり、すっぽり腕の中に収まる大きさだ。

逃れようとするみたいに、恵がもぞもぞとする。だが本気で逃げるわけでもない。むしろ、身体を辰彦にすり寄せてくるようで、うっかり下肢《かし》が反応してしまいそうになる。

まったくいい年の大人が、こんな子供相手に――だ。

本当にマズイと思う。信じられないくらい素直で、可愛くて。スレてなくて。溺《おぼ》れそうになる。

あんな能力があれば、もっと人間の裏側を知ってしまってグレそうなものだが。

恵が恐がらなくてもいいように、不安に思わないように、恵の前ではいつでも辰彦は感情を隠すつもりはなかった。できるだけ、心の中と表に見せる感情が同じであるように。

……つまり欲求も、だ。

時と場合によって、それをしっかりと抑えるのが霊長類の長であり、人間たるゆえんだと思うが、今はそういう時と場合だとは認識していない。

前にまわした手でおもむろに帯を解くと、辰彦はそっと、手のひらを浴衣の合わせ目に差しこんだ。しっとりとした素肌に指をすべらせ、探し出したほんの小さな胸の突起を指先で弾《はじ》いてやると、ピクッ…、と跳ねるように身体が震える。あっ…、とこぼれたうわずった声が耳に心地よい。

「また…っ、意地悪するでしょう……っ」

ハッとしたように肩越しにふり返り、恵が涙目でなじってくる。

「それは心外だ。意地悪なんかした覚えはないけどな？」

とぼけたように返しながら、辰彦は指先でさらにきつく乳首をなぶり、押し潰してやる。するとあっという間にそれは硬く芯を立て、辰彦の指を押し返してきた。

「ほら、もうこんなに尖《とが》ってる」

「やっ…、もう……っ、そこ……っ…」

いやらしく言いながら、それが楽しくてさらに執拗《しつよう》にいじってやると、恵が身をよじって訴える。

「俺はいつでも、恵が気持ちいいようにしているつもりだったけどな。……ああ、ココは気持ちいいって言ってるみたいだぞ？」

言いながら下肢へ伸ばした手で、恵の中心をするりと撫で上げた。早くも反応を始めていたそれが、辰彦の手でこすられて一気に形を変えていく。

「ふ…、ぁ……ん……、――あぁ…っ」

指の腹で先端を丸くもむようにしてなぶると、恵が大きく腰を揺らす。前を愛撫《あいぶ》しながらそっと浴衣の裾をめくり上げ、小さな尻を撫でるとその谷間へと指をすべらせる。

「や……っ」

それに気づいて、恵が声を上げた。無意識に逃れようと、指先がシーツをひっかく。

悪代官の気分だな…、と内心で自覚はあるものの、やめられない。

「恵…、嫌なのか？　嫌ならこれ以上はしないよ」

それでも後ろから――やっぱり意地悪く、ささやくように耳元で尋ねてやると、恵がぴくっと動きを止めた。

さっき風呂場でさんざんいじってほぐし、やわらかくなっていたそこは、辰彦の指に触れられてあっという間にほころんでいた。溶けるように緩んだ襞《ひだ》が、誘うみたいに辰彦の指をくわえこむ。抵抗なく根本まで呑みこまれ、きつく締めつけられる。

「あ……」

目元を潤ませてふり返った恵は、しかし目が合った瞬間、パッとそらした。

「だっ…て……、辰彦……、意地悪……するから……っ」

そして目をそらしたまま、なじるように言う。頬が赤い。

「もうあんなには焦《じ》らさないよ」

吐息で笑いながら、辰彦は返した。

さっきの風呂場では、泣き出すくらいさんざん焦らしてしまったのだ。

辰彦はそのまま中に入れた指を大きくまわし、何度も抜き差ししてやる。すでに覚えた恵の感じる場所を指先できつくこすり、同時に前も指を使ってしごき上げる。くびれや先端は、特に丹念にいじってやる。

「あっ、あっ…、ダメ……っ」

さんざん乱してから、いったん後ろの指を抜きとると、恵があせったような声を上げた。

「ダメなのか？」

エロオヤジそのままにいやらしく聞きながら、辰彦は二本に増やした指でさらにきつく中をかきまわした。

「ひ…ぁ…っ——ぁぁ……っ」

大きく身体をのけぞらし、恵がたまらないような甘い声を上げる。両肘を立てて身体を浮かし、腰をわずかに突き出して小刻みに揺すっている。ひどく扇情的な格好だが、本人の自覚はないのだろう。

先端から溢れ出す蜜《みつ》が止めどなく指先を濡らす。きつめにそれを拭《ぬぐ》い、小刻みに震えているモノにこすりつけるようにしてさらにしごくと、前後の刺激に逃げ場がないように恵の身体が大きくくねる。腕の中で、小さな身体が熱く身もだえる。

たまらなかった。

まだ幼さの残る身体と表情が、ひどく艶《なま》めかしく、色っぽい。

駆け引きなど何も知らないだけに、欲望に素直な身体だ。自分みたいな男が汚していいのか…、と思ってしまうほど。

だが、だからこそ――だ。

「恵…、おまえには嘘《うそ》はつかないし、ずっと……愛しているから」

いったん離した手でわずかに湿った恵の髪を撫で、背中から覆い被《かぶ》さるようにして、シーツについた手に自分の手を重ねる。

「たつ……――ん……っ」

わずかにふり返った顔を引きよせ、いくぶん苦しい体勢からキスを奪う。

そしてすでにくしゃくしゃになっていた浴衣を引きはがすと、うなじから背筋についばむようなキスを落とす。腰のてっぺんを両手でつかみ、隠された奥を容赦なく目の前にさらした。

「あっ…あっ……、そんな……っ」

さすがにあせったように恵が腰を引こうとしたが、それを力で押さえこみ、辰彦は小さく収縮する襞をそっとなめ上げる。

「ふ…っ…ぁ…っ……、あぁぁ……っ」

恵の背中が大きくしなる。それでも舌の愛撫を喜ぶように、襞が舌先に絡みついてくる。

辰彦が指先で溶けきった場所を押し開き、尖らせた先でさらに奥を味わうと、恵がこらえきれないあえぎ声を唇からこぼした。どうしようもなく腰を揺するたび、ポタポタ…、と反り返した前からは淫《みだ》らに蜜が滴り落ち、シーツに染みを残していく。

「ダメ……っ、……もう……っ、――あぁぁ……っ」

痛みではなく、甘い甘い快感だけを苦しいほどに与えてやる。

辰彦が執拗にそれを続けると、触れられないままに、すすり泣きながら恵が達してしまった。

ぐったりと細い身体がシーツに沈む。白い肌がピンク色に上気している。薄い唇からは荒い息がこぼれていた。

辰彦は汗に濡れた前髪を軽くかき上げ、小さな丸い肩に頬をすりよせる。無精ヒゲが当たるようで、恵がわずかにくすぐったそうに身を縮める。それでもイッたばかりで気が抜けているのか、反応が少し鈍い。

辰彦は肩から首筋に唇を這《は》わせながら、脇腹を撫でた手をそのまま前へと伸ばした。

濡れそぼった前を軽くなだめてやりながら、弛緩したように力をなくした腰に、辰彦はそっと自分のモノを押しあてる。

ずっと我慢をしていたおかげで、辰彦のモノはすでにいっぱいに張りつめていた。

先端をやわらかくうごめく場所に押し当て、ゆっくりと力をかけて中へと侵入する。

ほとんど抵抗はなく、じわりとそれは呑みこまれていった。貪欲な襞にくわえこまれ、しっとりと熱い粘膜に包みこまれて、奥まで導かれる。

「あ……」

途中でようやくそれに気づいたように、恵がかすれた声をこぼした。

大きさを確かめるようにギュッと締めつけられ、さらに何度も収縮する。思わず、辰彦も低い声をもらしてしまう。

あっさりと陥落してしまうわけにはいかず、辰彦が恵の前をいくぶんきつめにこすってやると、びくん、と再び反応を始める。さすがに若い。

「たつ…ひこ……」

枕《まくら》にしがみつくように顔を伏せ、どうしようもないように恵が掲げた腰を小さく震わせた。

考えてみれば、後ろからするのは初めてだった。恥ずかしいのか、顔が真っ赤になっている。

だが本当は、後ろからの方が楽なはずだ。

「恵…、大丈夫だから」

耳たぶを噛むようにして優しくなだめると、辰彦はゆっくりと腰を動かし始めた。

抵抗を楽しむように先端まで引き抜き、襞が引きとめるようにいやらしく絡みついてくる感触を楽しむ。

「んっ…、あぁぁ……っ」

それから再びえぐるように突き入れて、恵の感じる場所を何度もこすりつけるようにして刺激してやる。さらに前にまわした手で恵の両方の乳首をきつく摘み上げると、こらえきれないように腕の中の肢体が大きくよじれる。

「ひ…ぁ…ん……っ」

息も絶え絶えな様子に、辰彦は少し愛撫の手を緩めてやった。

楽なように片足をわずかに抱え上げ、ゆっくりと、しかし深く、奥へと腰を進める。小刻みに抜き差しを繰り返し、中をこするようにしながら。

「……あ…っ、ん……、んん……っ」

それに合わせるように、恵の腰が勝手に揺れ始めていた。だんだんとそのスピードが速くなり、締めつけがきつくなって、辰彦も我慢できなくなる。

「あ……、は…ぁ…、……いっぱい……熱いの……入ってくる……っ」

いつの間にか恵が激しく腰を振りながら、浮かされたように口走った。

まだ中に出しているわけではない。だからおそらく、感情なのだろう。

深くつながって、恵の体中に辰彦の思いが流れこんでいる。

意地悪もするけど、いっぱい愛している——と。

「いっぱい……な」

小さく笑ってつぶやくと、辰彦は恵の腰を押さえこみ、根本まで一気に突き入れた。

「あぁぁぁぁ――――…………っ！」

恵がきわまった声を上げ、ほとんど同時に辰彦も中へほとばしらせる。いい大人が入れっぱなしで、立て続けに二度、出してしまった。

瞬間頭の中は真っ白になり、やがて心地よいけだるさが体中に満ちてくる。

ゆっくりと恵の中から自身を引き抜くと、とろり…、と内腿《うちもも》に自分の出したものが溢れ出した。自分のしたこととはいえあまりに淫靡《いんび》な光景で、さすがに体裁が悪く、知らず目をそらしてしまう。

もう一回、風呂に入らないといけないな…、と思いながら、辰彦はぐったりとシーツに沈んだ恵の身体を抱きよせた。

「大丈夫か？」

「大…丈夫……」

まったく自分がさんざんやっておきながら今さらだったが、恵は涙でぐしゃぐしゃの顔を辰彦の胸にこすりつけるようにしてしがみついてきた。

「うれしい……」

そして、濡れた目でふわりと笑った。

天然に男殺しだ。　その顔だけで、うっかりまた下肢が疼《うず》いてしまう。

――ゴムもつけずにやってしまった、などとバレると、冗談ではなく、天竜には真剣で追いかけられそうだったが。

◇　◇

この間、行きがけの駄賃のように恵が見つけた死体は、周辺を捜査し、行方不明になった人間を確認してから、頃合いを見てまた辰彦が掘り出した。

すでに死後、十年以上がたっているらしく、完全に白骨化している。

今回は、恵が直接その被害者の幽霊と話したわけではなかった。

『通りがかりの幽霊が教えてくれたんです。ご本人はもう成仏されてるみたいですよ』

……通りがかりの幽霊？

あっさりと言われてなにげに疑問ではあったが、まあそういうことらしく、死者の怨念という意味では、それほど急ぐ必要はなさそうだったのだ。

ただ本人と話せないということは、犯人はこちらで探さなければならないということだ。年月がたっているだけに厄介なことになるかと思ったのだが、なんとその部屋の住人は十五年以上も変わっておらず、案外あっさりとケリがついてしまった。

「すげー…、先輩。死体捜索犬も真っ青ですね！　ここ掘れワンワン、って感じ？」

立て続けに死体を見つけた辰彦に、吉井が感心したように言ったが、まったくおもしろくない。

本庁内でもそろそろ、「墓掘り名人のクマ刑事」と、あまりありがたくない異名がつきつつある。

「死体を見つけるのもほどほどにな……」

難しい顔で辰彦が恋人に頼んだのは言うまでもない——。

end.

# あとがき

こんにちは。年越しにしていただく方と、明けましての本にしていただく方といらっしゃるのでしょうか。どちらにしましても、この幽霊話がふさわしいのかどうなのか。

めずらしく単発のお話で、雑誌掲載時とは設定が少し変わっております。以前は主人公のたっちゃん、新聞記者だったのですが、今回は刑事さんになっております。いや、実は以前書いた時にも刑事にしようかと当初思っていたのですが、その時に書いていたお話がどこを向いても刑事ばっかり、多分「スキャンダル」の頃だったのかな。また刑事かい！と自分でつっこんでしまって、では事件に絡んできそうな事件記者にしよう、と思ったのです。しかしそれほど新聞記者らしい活躍もなく（おい）。単行本化にあたって、むしろ刑事の方がいいんじゃ？　ということでこんな感じに。ともあれ、おっさんに足をつっこみかけた刑事さんと、ぽわぽわした幽霊のお話です。雑誌をお読みの方に違和感があったら申し訳ありませんが、かなり加筆もしておりますので、また新たな感じでお楽しみいただければ幸いです。タイトルも雑誌掲載時とは変わっておりまして、ふだんの私らしからぬタイトルなのですが、案の定（笑）編集さん案です。可愛いですよねっ。いつも味も素っ気もないので、もうちょっとどうにかしたい…っ、とは思うのですが。

そういえば、著者近影。ふだんはそれ用にあらかじめどさっとお渡ししている写真から編集さんに選んでもらって使っていただいているのですが、今回はせっかくのクマということで家クマの写真をあらためて撮ってみました。なのでいつになくキャプションをお話と合わせております。読後にぴらっと見ていただければ、ちょっと笑えるかもしれません。

最後になりましたが、今回、イラストをいただきましたサマミヤアカザさんには、本当にありがとうございました。可愛さとしっとり感とがきれいに混じった本当に美しいイラストで、見ているだけでにやついてしまいます。たっちゃんは無精ヒゲもカッコイイですし、恵ちゃんは繊細な美人さんで、そしてクマも可愛い…。本当に素敵な雰囲気で、彼らの今後の幸せを感じさせていただきました。編集さんには相変わらずご迷惑をおかけしておりますが…、すみません……。新しい年にはもうちょっとどうにか、と毎年言っている気がしますが、本当にどうにか……っ。どうか懲りずによろしくお願いいたします。

そして、こちらを手にとっていただきました皆様にも本当にありがとうございました！ほわっと和んで、にやっと笑っていただければうれしいです。

そしてまた、どこかでご縁がありますようにお祈りしつつ――。

12月　スーパーで切り身を見つけ、こらえきれずに一人グレ鍋を。雑炊万歳！

水壬《みなみ》楓子《ふうこ》

初出


幽霊ときどきクマ。 —— 2005年 小説リンクス10月号「恋はふわりと舞い降りる」を加筆修正の上改題

クマときどき相棒。 —— 書き下ろし

この本を読んでの
ご意見・ご感想を
お寄せ下さい。

〒151-0051
東京都渋谷区千駄ヶ谷4-9-7
(株)幻冬舎コミックス　リンクス編集部
「水壬《みなみ》楓子《ふうこ》先生」係／「サマミヤアカザ先生」係

LYNX ROMANCE
リンクス ロマンス

# 幽霊ときどきクマ。

2012年12月31日　第1刷発行

著者……………水壬《みなみ》楓子《ふうこ》
発行人…………伊藤嘉彦
発行元…………株式会社　幻冬舎コミックス
〒151-0051　東京都渋谷区千駄ヶ谷4-9-7
TEL 03-5411-6434（編集）
発売元…………株式会社　幻冬舎
〒151-0051　東京都渋谷区千駄ヶ谷4-9-7
TEL 03-5411-6222（営業）
振替00120-8-767643
印刷・製本所…共同印刷株式会社
検印廃止


ISBN978-4-344-82697-7 C0293
Printed in Japan

幻冬舎コミックスホームページ　http://www.gentosha-comics.net